LE GUERRIER MYSTIQUE

Éditions Kiwi
5, rue de Charonne, 75011 Paris

Édition : Katia Kaloun
Couverture et création graphique : Charlotte Thomas
Mise en pages : Cromatik Ltd.

ISBN : 978-2-37883-054-0

BERTRAND CHARDINNE

LE GUERRIER MYSTIQUE

KiWi

AVANT-PROPOS

L'idée de cet ouvrage a pris racine en Équateur courant 2000, alors que j'effectuais une mission humanitaire dans la cordillère des Andes, à la frontière du Pérou, à Amaluza. Il s'agissait de réhabiliter une partie de l'hôpital afin d'y accueillir les personnes atteintes de tuberculose. J'y faisais office de trésorier, de chef de chantier et de responsable logistique pour l'association « Espoir sans frontières », tout cela grâce à Janine Morvan, travailleuse infatigable, au service des Équatoriens les plus démunis.

Rien ne m'a plus rempli que cette mission humanitaire. Parallèlement, je donnais des cours d'anglais au collège dirigé par le père Segundo, qui m'a gracieusement hébergé dans son presbytère. J'ai eu la possibilité de parcourir la jungle entre l'Équateur et la Colombie lors d'une campagne de vaccination pour les indiens AWAS qui se trouvent disséminés entre l'Équateur, la Colombie et le Brésil, et j'ai pu percevoir toute la difficulté de vivre dans un territoire aussi hostile.

Cela a été rendu possible par un ami de Janine, Humberto Muenala, ardent défenseur de la cause Awas, et plus généralement de la cause indienne. J'ai pu vendre, avec lui, de l'artisanat indien sur le marché d'Otavalo, au nord de Quito, capitale du pays, un des plus grands marchés indiens d'Amérique du Sud. Ces fiers Quechuas m'ont affectueusement accueilli chez eux à Ibarra, et c'est là, dans leur foyer, que je me suis initié à la peinture.

Leurs deux fils, Inti et Yauri, âgés de 25 et 10 ans, avaient aménagé une pièce au dernier étage de la maison : c'était un atelier de peinture magique. Il y avait des peintures de Inti partout dans la maison, le petit Yauri était déjà très doué et vendait ses œuvres sur le marché où il avait son petit succès tandis que je m'installais entre les deux, en tentant de reproduire des motifs indiens qu'eux peignaient sans réfléchir. J'ai participé à l'ouverture de leur propre galerie d'art à Otavalo, depuis déplacée à Peguche, un petit village voisin.

Je passais mes journées avec ces deux merveilleux artistes et complétais mon journal de bord au fur et à mesure par des peintures que je réalisais lorsque je séjournais chez eux. Ils utilisaient un dérivé du pétrole appelé « Bréa » pour achever leurs peintures, afin de leur donner un aspect vieilli.

C'est lors d'une de ces séances de peinture collective qu'Inti m'a expliqué la signification d'un dessin que j'essayais de reproduire, je vais tenter de vous la retranscrire comme il me l'a expliquée :

« Quand deux personnes sont amoureuses du plus profond de leur être, elles créent un univers à elles représenté par le rectangle où est dessiné le soleil inca. Si on vient à les couper de cet univers, elles meurent. »

Cela m'a touché au plus haut point à l'époque, car je venais de rencontrer l'amour de ma vie. Quant à Inti, il vit maintenant aux États-Unis, et son frère Yauri, lui, est reconnu mondialement pour ses œuvres transpirant la culture indienne.

Je voulais vous faire partager cette histoire, leur rendre hommage et, à travers eux, rendre hommage à ma seconde patrie, l'Équateur.

1

LA CHUTE

Seul dans le vide, je te sens mais ne te vois pas

Perdu sans toi, je ne distingue ni haut ni bas

J'ouvris les yeux, ma vision était trouble, tandis que je distinguais vaguement une surface en mouvement en dessous de moi : un perroquet multicolore s'acharnait à pincer mon mollet, me faisant reprendre conscience de force, ma tête me faisait affreusement mal et je refermai les yeux un instant pour tenter de remettre mes idées en place. Qui étais-je ? Où étais-je ? Et surtout, d'où venait cette douleur sourde à l'intérieur de ma tête ? J'ouvris les yeux une deuxième fois, ma vision était plus claire, le perroquet s'envola en croassant des paroles incompréhensibles. J'étais suspendu par une sangle attachée à l'un de mes pieds, et en dessous de moi, à environ deux mètres, se débattaient une dizaine de crocodiles qui tentaient de s'extraire de l'eau pour me tirer vers eux.

Un mélange d'instinct de survie et d'adrénaline me fit me redresser pour saisir la sangle et rester hors de portée de ces redoutables prédateurs. Je ne pourrais pas tenir cette position très longtemps, mon corps ankylosé et ma tête prête à exploser faisaient de moi un repas idéal pour les sauriens situés en dessous, il faudrait sûrement moins d'une minute pour que mes dernières forces me lâchent. À trois mètres de mon bras droit, se trouvait une grosse liane certainement capable de supporter mon poids, je commençai donc à me balancer de façon à atteindre cette liane, m'y accrocher et tenter ensuite de désolidariser la sangle de mon pied.

C'est à ce moment qu'une averse brutale s'abattit, à tel point que je ne pouvais presque plus distinguer la surface de l'eau ainsi que mes voisins affamés. Les muscles de mes bras commençaient à brûler, ma tête tournait et, bizarrement, je pense que c'est la violence de l'averse qui me maintenait conscient car mes forces me lâchaient peu à peu. Le mouvement de balancier prenant de plus en plus d'amplitude, j'étais presque en position d'atteindre cette liane salvatrice quand je sentis un soubresaut au niveau de la sangle. Mon poids, en plus du mouvement de balancier, fragilisait la prise de la sangle dans la canopée et je sentais que bien plus que mon corps ou ma tête, c'est elle qui ne tarderait pas à lâcher.

Je réussis à agripper cette liane et commençai à m'arrimer le plus possible car elle était glissante, et mon corps tournait à présent dans un mouvement incontrôlable au-dessus de l'eau : d'un côté, mon pied enserré involontairement par la sangle et, de l'autre, mon bras droit tenant désespérément la liane. Je sentis, à ce moment, que la prise au niveau de la liane n'était pas stable et que mon poids la faisait céder peu à peu. J'étais éreinté, trempé, suspendu à la vie par deux fils. À ce moment, le temps s'arrêta, et bien qu'en présence d'un danger certain, je ne ressentais plus aucune peur et aucun doute quant au fait de me sortir de ce mauvais pas.

Une force intérieure inconnue me maintenait en vie, me donnait des forces, et me permettait de garder le sang-froid nécessaire. Je ne savais pas quoi, où, quand, comment, mais je savais que je m'en sortirais.

La sangle rendue glissante par la pluie se détacha brusquement de mon pied, provoquant un transfert de poids vers mes bras et la liane. Le mouvement de balancier déjà important se démultiplia, je virevoltais à travers la pluie au milieu de nulle part et, dans ce tourniquet, j'aperçus une berge en dessous de moi. C'était la seule issue mais il me fallait augmenter l'amplitude du balancier pour pouvoir espérer l'atteindre, ce que je fis tout en continuant à m'accrocher à la liane qui donnait de plus en plus de signes de faiblesse.

Je n'étais plus qu'à un mètre de la surface de l'eau et la liane pouvait rompre à chaque instant. J'étais maintenant à portée des crocs de crocodiles et les claquements de leurs mâchoires me faisaient entrevoir mon sort si je n'arrivais pas à atteindre la rive. Un des sauriens me toucha la jambe au bout d'un mouvement de balancier et manqua de peu de m'attraper au vol. Dans un même instant d'éternité, la liane se rompit, la pluie s'arrêta et les dernières forces de mon bras m'abandonnèrent. Je roulai tel un pantin désarticulé sur la berge dans un enchevêtrement de plantes qui amortirent ma chute sur la terre ferme.

Au fond de ce gouffre de circonstances défavorables, continuait de m'animer une force que je sentais nettement venir à la fois de l'intérieur et de l'extérieur de moi. C'était étrange, j'approchais de la mort inexorablement, ma situation en témoignait, et cette énergie n'était pas physique, c'était autre chose, et ce quelque chose m'enveloppait délicatement, sereinement, comme pour me rassurer et m'aider à entretenir ma petite flamme de vie vacillante mais encore allumée.

J'étais sain et sauf mais pour combien de temps encore ? Mon organisme était faible et les crocodiles n'allaient pas m'abandonner sur le bord de la berge.

Malgré tout, je continuais à ressentir cette étincelle au fond de moi, cette confiance, cette foi en la vie qui rend les épreuves aisées à surmonter et je ressentais très distinctement ce sentiment d'invincibilité.

Je me relevai rapidement pour constater que la jungle était épaisse et ne m'offrait aucune perspective de fuite. Le temps m'était compté, les reptiles se rapprochaient rapidement du bord et connaissaient très bien cet environnement qui n'était pas le mien. Je tentai de me frayer un chemin au milieu de cet enfer vert inextricable, impénétrable, m'aidant de mes bras, de ma tête et de tout mon corps, ne sachant pas ce qu'il y avait au devant.

Je me retrouvai rapidement bloqué sans pouvoir distinguer quoi que ce soit, avec une visibilité inférieure à un mètre. À cet instant, ma flamme intérieure vacilla car l'arrivée inexorable des prédateurs mêlée à l'oppression de la nature commençaient à me faire suffoquer, me rappelant mon terrible mal de tête ainsi que mon corps chancelant. Dans un ultime effort et comme un baroud d'honneur, je défrichai tout ce qui se trouvait devant moi et tombai sur le seul espace vide rencontré depuis la berge, une sorte de sentier s'enfonçant dans la forêt et qui représentait pour moi la seule porte de sortie.

Je m'y engouffrai avec espoir et fatigue, le plus urgent étant de me mettre à l'abri des reptiles affamés. Après une marche courte mais me paraissant interminable et, estimant être hors de portée des prédateurs, je m'accordai une pause en m'asseyant sur un rocher posé à point sur ma route. Une fois de plus, je refermai mes yeux pour rassembler mes esprits éparpillés. Le danger immédiat passé, je commençai à réaliser ma situation ; mon corps se mit à trembler comme en réaction rétroactive aux émotions des minutes précédentes. Mon esprit était intact mais mon corps réagissait violemment aux épreuves vécues, je reconnaissais aussi des symptômes de déshydratation avancée m'annonçant des difficultés futures.

Il fallait rapidement trouver de l'eau et de la nourriture dans un milieu inconnu et hostile. Je repris donc ma marche en avant, calculant tous mes mouvements afin d'économiser mes maigres réserves subsistantes. Je ne sais combien de temps je pus marcher dans cet état de transe, de choc et de douleur, peut-être deux ou trois heures, mais j'étais toujours accompagné par cette indicible force m'interdisant de m'asseoir ou de m'arrêter sur le bord du sentier, me niant le droit d'abdiquer et m'obligeant à respecter la vie jusqu'au bout de ce chemin interminable.

Quand, enfin, au détour d'une courbe dans le sentier, une petite cascade surgissant de nulle part apparut, je plongeai mon visage dedans sans réfléchir et bus autant d'eau que mon estomac pouvait en contenir. Je restai là, assis contre la cascade, le temps que mon organisme assimile toute cette eau miraculeuse quand j'aperçus, de l'autre côté du chemin, un arbre avec des fruits verts que je ne connaissais pas. La faim me tenaillait et, malgré tout le liquide que je venais d'ingérer, je sentais que mes forces m'abandonnaient peu à peu, je voyais des étoiles et ma vision se brouillait de plus en plus.

Un perroquet d'un bleu turquoise magnifique se régalait de ces beaux fruits en me regardant d'un air moqueur. Tandis que je m'approchais de l'arbre et du perroquet, l'animal ne bougea pas et continua à me fixer de son air malicieux. Je décidai de l'imiter en mangeant le fruit car la faim et la fatigue ne tarderaient pas à venir à bout de mes forces. Cet oiseau m'inspirait confiance ; sa majesté et son plumage le faisaient rayonner au milieu de tout ce vert.

Le fruit avait la forme d'une grosse poire et sentait très bon. Je détachai peu à peu la chair pour le goûter d'abord du bout des lèvres afin de sentir s'il était comestible ou non, mais le doute fut de courte durée : il était excellent, très sucré, avec de nombreux noyaux à l'intérieur. J'en mangeai d'abord un, puis deux, marquant une pause pour déterminer si mon corps l'assimilait correctement ou non. Au bout d'un certain temps, je sentis que mon être reprenait vie et que ces fruits me seraient extrêmement bénéfiques. Alors, j'en dévorai cinq ou six autres de plus, en prenant soin de boire à ma fontaine providentielle de temps en temps.

Mes besoins physiologiques étaient satisfaits, je n'étais plus en danger et j'avais désormais le temps de prendre du recul sur ma situation pendant que mon corps se régénérait. Le constat était simple : mis à part les évènements passés depuis les crocodiles, je ne me souvenais de rien, ni comment je m'appelais, ni comment j'étais arrivé suspendu à cette sangle bienheureuse, ni même d'où je venais.

J'aurais pu affirmer que mon corps était en parfait état, si ne subsistait cet affreux mal de tête diminuant mes capacités de réflexion et de concentration. Et tandis que je passais ma tête sous l'eau de la cascade pour reprendre mes esprits et soulager ma douleur crânienne, je sentis une cicatrice à l'arrière de mon crâne. En passant la main dessus, je perçus la présence d'un objet dissimulé sous ma peau, de la taille d'une pièce de monnaie assez épaisse. Ce n'était pas une blessure, car cela ne me faisait pas mal, mais je sentais qu'il s'agissait d'un corps étranger, et là encore, je n'avais aucune piste expliquant la présence de cet objet sous ma peau.

Une fois repu, reposé et calmé, je me mis en quête d'un abri pour la nuit en voyant le soleil décliner. Je supposais qu'il devait y avoir d'autres dangers dans cette forêt inconnue. Bien que totalement étranger à ce milieu, je me sentais à ma place, sans peur et heureux d'être vivant, tout simplement. Avant de quitter la cascade, j'avais pris soin de cueillir une vingtaine de fruits verts et de les emballer dans mon tee-shirt en prévision des jours futurs.

Je poursuivis donc ma progression sur le semblant de sentier forestier tracé à travers la végétation luxuriante. Les averses et les éclaircies se relayaient, rendant ma respiration difficile à cause de l'humidité. Les difficultés se succédaient, les torrents, les cailloux, les côtes à escalader, les endroits où le sentier se fondait dans la masse verte et disparaissait sur des dizaines de mètres, m'obligeant à tâtonner dans la semi obscurité.

La nécessité de trouver un abri se faisait de plus en plus pressante, je redoutais de devoir dormir là, à même le sol boueux, au milieu des animaux sauvages et des bruits inconnus. Je ne voyais quasiment plus rien et ne distinguais plus le sentier de la forêt. J'étais presque résigné à devoir dormir contre un arbre quand je vis une masse sombre devant moi en forme de carré. Je m'approchai pour constater qu'il s'agissait d'une construction en bois, une maison sur pilotis dépourvue de lumière et je n'apercevais personne aux alentours. En escaladant le tronc entaillé servant d'accès à cette demeure, j'eus juste le temps d'apercevoir un hamac tissé dans un coin avant que mes yeux ne puissent plus distinguer quoi que ce soit, je m'y allongeai et tombai de sommeil.

C'est la lumière du soleil qui me réveilla. J'émergeai doucement d'un profond sommeil, comme si je n'avais jamais dormi de ma vie, en tentant de rassembler mes pensées pour me situer : les crocodiles, la fuite, la cascade et la cabane, voilà tout ce dont je me souvenais. Ces souvenirs, au moins, ne s'étaient pas envolés avec le sommeil.

Je me levai en titubant, les courbatures, les blessures et les douleurs diverses me faisaient encore plus apprécier la protection de cet habitat forestier, grâce auquel j'aurais le loisir de panser mes plaies et récupérer l'intégralité de mes moyens. Pour cela, je devais rapidement m'occuper des blessures réparties sur tout mon corps, dont une particulièrement profonde au niveau de mon bras droit. Agripper la liane au-delà de mes forces n'avait pas été sans conséquences ; une plaie béante s'étalait comme une balafre de mon poignet jusqu'au coude, et même si l'hémorragie n'était pas importante, la plaie était douloureuse, rouge et gonflée, signe d'une infection en cours. S'il y avait un moyen de se soigner, je ne le connaissais pas.

Par des mouvements saccadés, je reprenais le contrôle progressif de mon corps meurtri (je ne le sentais presque plus après tant de douleur éprouvée). Je me repus d'une demi-douzaine de fruits succulents pour m'assurer une source d'énergie suffisante pour la journée. Mes maux de tête se faisaient toujours ressentir et augmentaient considérablement mon état de faiblesse, je ne savais dire si cela venait de ma chute, de la peur, de l'humidité, de la fatigue, ou de mon amnésie. À moins que cela ne soit un peu de tout cela, mais je sentais que cela se calmait peu à peu, j'avais déjà moins mal que la veille et la nuit de sommeil ainsi que la nourriture semblaient atténuer cette douleur sourde au milieu de ma tête.

Tant de questions restaient encore sans réponses, mais l'urgence de la situation ne me permettait pas de prendre du recul sur les raisons de ma présence ici. Je ressentais toujours cette flamme inaltérable au fond de moi et je ne savais pas non plus d'où me venait cette force incommensurable. J'étais donc perdu, blessé, diminué, oublié de moi-même tout en ayant la certitude que cette situation n'était que provisoire et que le meilleur restait à venir.

J'initiai donc la découverte de mon environnement immédiat, il me fallait rapidement trouver un point d'eau ainsi qu'un moyen de subsistance autre que ces fruits verts. Me rendre depuis la cascade jusqu'ici m'avait coûté en forces ; faire des allers-retours n'était pas envisageable durablement, surtout dans mon état, il fallait donc continuer à suivre le sentier et voir ce que j'y trouverais. De plus, même si la cabane semblait abandonnée depuis quelque temps, il devait bien exister, à proximité, les individus qui l'avaient construite. À ce moment précis, j'osais penser qu'ils ne me seraient pas hostiles et pourraient aider à ma survie.

Vu l'état de ma plaie au bras, j'estimais à deux ou trois jours maximum le délai pour la désinfecter, avant que cela ne se transforme en septicémie ou en gangrène. Le temps m'était donc compté, une fois de plus. À cet instant, une colonie d'oiseaux multicolores passa devant moi en caquetant et un moment de lucidité me parvint malgré mon état de choc : je savais que ma vie était en danger à cause de ma blessure, mais je ne savais pas comment je m'appelais, je savais qu'il me fallait survivre mais je ne savais pas pourquoi.

Je pressentais que j'allais survivre mais je n'avais aucun souvenir antérieur à ma rencontre avec les sauriens. C'est comme si j'étais né au-dessus de cette mare à crocodiles.

Le semblant de chemin serpentait à travers la forêt, la chaleur était toujours aussi étouffante et la progression restait pénible. Au détour d'un aplomb rocheux qui longeait le sentier, je levai les yeux et vis avec effroi une nuée d'insectes fondre sur moi. Ils étaient sans doute à l'affût, attendant qu'une proie passe devant eux. Je me mis machinalement à courir pour leur échapper, tandis que le chemin descendait à cet endroit, me faisant dangereusement prendre de la vitesse. Dans ma fuite en avant, trois de ces insectes atteignirent mon épaule gauche, me donnant la sensation d'une dague chauffée à blanc plantée dans ma chair.

Je hurlai tout en poursuivant ma course effrénée, jusqu'à ce que je ne voie plus l'aplomb rocheux. Exténué mais éloigné du danger, je pus constater les dégâts : trois énormes piqûres émergeaient de mon épaule et je ne pouvais même pas les toucher tellement elles étaient douloureuses. Ces insectes avaient dû me planter un dard et cette douleur multipliée par trois tétanisait mon épaule. La sensation de brûlure augmentait de seconde en seconde et, pour la première fois depuis la veille, je me mis à pleurer de douleur. Recroquevillé contre un arbre, je restai là, prostré, souffrant de toutes mes larmes. La douleur diminuait progressivement, je décidai donc de continuer à avancer sur le sentier, la progression était difficile mais je sentais que mon organisme s'adaptait peu à peu à son environnement.

Je prenais confiance, même si les piqûres brûlaient et que mon bras me lançait, je me sentais curieusement de moins en moins en milieu hostile. Je prenais chaque instant comme il venait, la beauté de cet endroit commençant à m'apparaître peu à peu. La luxuriance et l'abondance de vie faisaient de cet écrin vert un endroit singulier où la nature était reine. Plus ma situation empirait, plus la certitude de ma survie augmentait.

Après deux à trois heures de marche sans trouver ni provisions, ni moyen de désinfecter mes plaies, je rebroussai chemin vers mon seul abri, ma cabane abandonnée, quand un petit oiseau au long bec manqua de me heurter, m'obligeant à m'arrêter brusquement. Mon point d'appui glissant sur une branche mouillée, je tombai en arrière sans me faire mal mais, au moment où j'allais me relever, j'aperçus devant moi, à environ un 10 mètres, un serpent enroulé sur lui-même me faisant face :

la tête menaçante et la langue sortie, j'étais pétrifié, immobile et effrayé.

Je n'avais pas de souvenir à ce sujet mais je sentais que cet animal était dangereux. Nous restâmes à nous fixer pendant des secondes interminables, quand je parvins à saisir un bâton en bois situé sur ma droite. La prise était fragile et mal assurée, compte tenu de l'état de mon bras, mais je réussis à placer le bâton entre le reptile et moi, l'agitant et le remuant du peu de mouvements que je pouvais effectuer. Le serpent déguerpit et, avec lui, ma peur incontrôlée.

J'approchais de mon refuge lorsqu'une violente averse éclata. Je pressai le pas car j'avais repéré le matin même une amphore en terre cuite en dessous de la cabane qui pourrait me servir à récupérer l'eau de pluie, me permettant au moins d'assurer ma subsistance en eau. L'averse était violente, j'en profitai pour laver au mieux l'amphore et, par la même occasion, mes vêtements imbibés d'un mélange de sueur et de boue. Ceci fait, à l'aide de lianes récupérées à proximité, je fixai le récipient contre l'un des pilotis, à un endroit où l'eau du toit tombait abondamment. L'amphore ne tarda pas à se remplir, je ressentis une grande fierté de pouvoir commencer à avoir une prise sur les évènements.

Cette nuit-là fut plus agitée que la première, tout d'abord parce que mes vêtements étaient mouillés ; j'étais transi de froid, mais aussi parce que l'averse s'était transformée en déluge. L'eau ruisselait de toute part car le toit, fait de feuilles de palmier, n'était plus étanche. Au milieu de tout cela, je fis un songe cauchemardesque dans lequel des hommes que je ne connaissais pas m'entouraient, vêtus bizarrement. Je ressentais une douleur, dans ce rêve, mais elle n'était pas physique, c'était plus fort encore. Je me souviens avoir vu une silhouette différente qui s'éloignait avec la même douleur indescriptible, des lumières, des édifices à perte de vue et puis plus rien, juste la douleur qui me faisait horriblement mal à la poitrine.

Le réveil fut laborieux et humide, le hamac dans lequel je dormais était à moitié rempli d'eau de pluie que mon corps me donnait l'impression d'avoir absorbée. Le froid avait curieusement apaisé mes douleurs et m'avait permis de m'assoupir au milieu de cette nuit tourmentée. Je m'empressai de sortir m'exposer aux premières lueurs du soleil afin de me réchauffer le corps et le cœur pour constater que mon amphore était remplie à ras bord. Mon unique repas frugal acheva de me réchauffer.

Ma tête ne me faisait presque plus mal, les piqûres d'insectes s'apaisaient peu à peu mais, a contrario, mon bras commençait à enfler et je ne pouvais presque plus le toucher tant il était douloureux. Mes réserves de fruits étaient presque épuisées et je n'avais toujours pas trouvé autre chose à manger. Encore pensif auprès de mon refuge, j'allais me résigner à retourner à l'endroit où je les avais cueillis près de la cascade, quand j'entendis derrière moi un craquement de branche. Je n'eus pas même le temps de me retourner que je me retrouvai violemment projeté au sol.

Je sentis, au même moment, des griffes lacérer la chair de mon dos. Je tentai de m'en défaire et de me retourner mais impossible, j'étais plaqué face contre terre. En même temps qu'il grognait, l'animal tentait de placer mon cou entre ses mâchoires pour m'achever en m'asphyxiant… Je me débattais comme je pouvais, mais il était puissant et très lourd. Quand il parvint à me saisir le cou, je sentis ses mâchoires commencer à s'enfoncer à travers ma gorge. Dans un réflexe de survie, je mis mes pouces où je pensais être ses yeux avec toute ma force disponible. L'animal lâcha instantanément prise et hurla à la mort, je le vis déguerpir à toute vitesse sans qu'il sache bien lui-même où il allait, je l'avais touché à un point sensible.

C'était un jaguar et j'étais bien heureux de m'en être sorti vivant. Le bilan était cependant lourd : en plus de me laisser ses traces de griffes sur le dos et les épaules, mon genou avait heurté une grosse pierre en tombant, et je pouvais à peine marcher tant la douleur était forte. Je nettoyai mes plaies avec l'eau de pluie et regagnai mon abri de fortune en serrant les dents, le long du tronc entaillé servant d'escalier.

La journée se passa entre éclaircies et averses et je constatais, impuissant, que mon genou enflait au fur et à mesure des heures. Je n'avais ni la possibilité de continuer mon exploration, ni les moyens de réparer le toit percé de part en part. Ma marge de manoeuvre s'était considérablement réduite et ma situation ne s'améliorait pas. Pour rajouter aux difficultés, je terminai le soir-même les dernières réserves de fruits que j'avais réussi à rationner ; il ne me restait plus que ma réserve d'eau et un jaguar qui rôdait dans les parages.

Cette nuit-là, je n'arrivai pas à dormir. La peur de voir surgir le jaguar et l'humidité de l'habitation me hantèrent malgré une extrême fatigue. Je tentais de faire le vide, de me calmer mais rien n'y faisait. Au milieu de la nuit, je commençai à avoir chaud et à trembler, c'était la fièvre due à l'infection de mon bras ainsi que les autres blessures qui s'infectaient, elles aussi,. Mon bras était méconnaissable, il avait doublé de volume et les autres plaies étaient si nombreuses que je ne savais pas, à cet instant, qui aurait raison de moi en premier : mes blessures, le jaguar, la faim ou le froid ?

Je vis l'aube arriver lentement, annonçant une autre journée et, pour moi, il ne faisait aucun doute que ce serait la dernière. Je pouvais à peine me lever, l'infection progressait et mon corps arrivait au bout de sa capacité de résistance. J'allais mourir là, au milieu de cette jungle pleine de vie, sans savoir pourquoi. Les questions m'assaillaient désormais car j'avais accepté mon sort.

Est-ce que j'allais manquer à quelqu'un ? Est-ce que quelqu'un allait me manquer ? Avais-je fait quelque chose de bien avant de mourir ? Ou quelque chose de mal ? Mourir seul était une épreuve et il fallait m'y préparer. Ce que je redoutais au plus haut point était de souffrir le martyre. L'infection me rongeait, certes, mais très lentement, ma fin serait donc très lente et très douloureuse.

Au fond de ce puits d'événements douloureux, continuait de m'animer une force que je sentais nettement venir à la fois de l'intérieur et de l'extérieur de moi. C'était étrange, j'approchais inexorablement de la mort, ma situation en témoignait, cette énergie n'était pas physique, c'était autre chose. Ce quelque chose m'enveloppait délicatement, sereinement, comme pour me rassurer et m'aider à entretenir une petite flamme de vie vacillante mais encore allumée.

Je réussis à grand-peine à atteindre l'amphore pour boire autant que je le pouvais. J'étais brûlant et j'en profitai pour m'asperger d'eau afin de faire descendre provisoirement la température. Ces quelques secondes de répit salvatrices me permirent de ne pas sombrer dans les délires de la fièvre.

Je remarquais que l'acuité de mes sens avait augmenté, je sentais et ressentais la forêt, j'entendais son cœur latent, je pouvais distinguer toutes les nuances de couleurs devant moi : le vert profond des arbres et le ciel transparent, le mouvement des oiseaux, la terre argileuse sous mes doigts. Tout cela était d'une incroyable douceur, je pouvais même me rappeler la saveur de l'eau de la cascade. Un sentiment d'unité m'envahit à cet instant, je me sentais même en harmonie avec les crocodiles et le jaguar. Le fait de m'abandonner à mon sort, de lâcher prise, me fit réaliser la magie et la perfection de cet endroit. Même si je devais achever mon existence ici, je remerciai la nature de m'offrir cet instant de communion et d'éternité.

Quand j'eus terminé de vider l'amphore en buvant et en m'aspergeant, j'eus juste assez de force pour m'asseoir contre le pilotis et attendre la mort. Je ne pouvais presque plus bouger, à présent, et j'ouvrais les yeux de temps en temps pour me rappeler que j'étais encore vivant.

Des torrents d'eau tombaient sur mon visage, c'est ce qui me fit reprendre conscience. La température de l'air avait chuté et il faisait presque nuit noire. Je rampai jusqu'à la poutre servant d'escalier et grimpai lentement en m'agrippant aux entailles, puis je me mis en boule dans un coin de la cabane, juste avant de perdre connaissance.

2

L'OSMOSE

Blotti au fond de ton corps, je suis né en toi

Avec toutes les étoiles, c'est en toi que je crois

Mes yeux se perdaient dans les siens, nous avions fait l'amour toute la nuit, à sept mètres au-dessus du sol, dans cette cabane posée sur un chêne centenaire. Le confort était rudimentaire mais nous étions comblés de partager ces moments magiques de liberté. Tandis que ma dulcinée était au lit, je me mis en quête de préparer un repas. Nous avions installé un petit campement à la base du chêne avec des rondins de bois pour s'asseoir, un foyer circulaire fait de grosses pierres pour le feu, ainsi qu'une petite table constituée d'une simple planche de bois posée entre deux rondins.

Le climat était doux, la situation géographique idéale, un torrent d'une clarté surnaturelle passait juste à côté de l'arbre, produisant une musique enchantée. Des arbres fruitiers nous entouraient et quelques poules sauvages picoraient aux alentours. Un accord tacite entre nous faisait que nous leur donnions nos restes de nourriture tandis qu'elles nous offraient, en échange, des œufs disséminés autour du campement. Pour ajouter à la magie du lieu, la forêt où nous nous trouvions était encerclée d'une chaîne de montagnes enneigées, faisant de cet endroit un lieu enchanteur. Tâtonnant dans l'herbe à la recherche d'œufs frais déposés par nos voisines, je ne pouvais m'empêcher d'apprécier pleinement cet instant.

Nous vivions des moments merveilleux de simplicité et de profondeur au milieu de cet écrin de verdure accueillant et luxuriant. Nous étions comme suspendus dans le temps et l'espace, heureux de partager des choses et des sentiments qui nous étaient inconnus jusqu'à peu de temps encore. Il nous semblait que ces moments dureraient éternellement tant nos corps et nos cœurs vibraient à l'unisson.

Tandis que je terminais d'allumer un feu, ma bien-aimée descendit doucement de l'arbre à l'aide d'une échelle de corde. J'avais trouvé sept œufs et il me restait à préparer la pâte pour élaborer des galettes de blé à l'aide de l'unique poêle que nous possédions. La recette était simple : un peu de farine, un peu d'eau du torrent et une pincée de sel, mélangés dans un bol en bois. Ensuite, il s'agissait de trouver la bonne texture pour pouvoir réaliser de belles galettes de blé nutritives et délicieuses, le tout accompagné d'œufs et de fruits cueillis la veille. Nous terminâmes de préparer le repas ensemble, moi cuisant les œufs à même la braise et elle confectionnant les galettes de blé.

J'adorais plus que tous ces moments où nous nous régalions ensemble, le lien qui nous unissait démultipliait la joie de manger et accentuait la saveur des aliments d'une façon inexplicable. Ce que nous vivions nous était inconnu, en même temps, c'est ce que nous avions toujours recherché et désiré depuis notre naissance sans le savoir. Il n'y avait rien de plus fort que ce que nous partagions depuis trois mois maintenant.

Cet endroit nous avait trouvés : il y avait le nécessaire pour y rester une année, au moins, le temps que notre enfant naisse et commence à y grandir. Nous avions un stock de nourriture, trouvé sur place à notre arrivée, constitué de trois gros sacs de riz et quatre gros sacs de farine de blé, ainsi qu'une importante quantité d'huile et de sel. La proximité de l'eau, des arbres fruitiers et des poules nous permettrait de rester autonomes un certain temps.

Ce jour-là, nous nous mîmes en quête de compléter nos ressources en prévision de l'arrivée de notre enfant. En effet, nous avions remarqué depuis un certain temps que des chèvres allaient et venaient régulièrement près du campement, sûrement attirées par le bruit et les odeurs. Nous avions déjà construit un vaste enclos afin de les accueillir et de les nourrir pour tenter de traire un peu de leur lait, restait à les attraper et à les installer dans leur nouvel habitat.

Nous passâmes toute la journée à tenter de les attirer vers l'enclos, utilisant une quantité de stratagèmes, en vain : le bruit, les appâts, la course, la corde, rien ne fonctionnait. Nous tentâmes encore et encore, mais après des heures à parcourir les alentours, nous nous arrêtâmes, car ma dulcinée au ventre proéminent était fatiguée. Quant à moi, je ne sentais plus mes jambes et je m'étais résigné à ce que ces chèvres restent sauvages.

Nous repartions bredouilles et fatigués à notre campement, quand une mélodie douce nous arrêta. En effet, un rossignol chantait, au loin, un air ensorcelant et captivant. Nous décidâmes de nous rapprocher pour profiter au mieux de cet air enveloppant. Posé sur sa branche, et fier de son chant, le rossignol nous regardait, et il nous sembla un instant qu'il ne jouait que pour nous. Puis, après quelques minutes de magie, il s'envola subrepticement plus loin dans la forêt.

Ce moment de charme évanoui, nous continuions à entendre des sons, mais il ne s'agissait pas de l'oiseau enchanté. C'était autre chose, plus faible, moins harmonieux et plus douloureux. Juste derrière l'arbre où avait chanté le rossignol, se trouvait un chevreau couché sur le côté. Il sembla effrayé à notre vue mais il ne pouvait pas s'enfuir, car il boitait de sa patte arrière droite, ce qui l'empêchait de marcher et le faisait gémir au possible. À y regarder de plus près, il semblait que sa patte était tordue, et si nous l'abandonnions ici, il allait sûrement mourir de faim, de soif ou finir dévoré par un renard affamé.

Nous prîmes donc le parti de le recueillir et de tenter de soigner sa patte meurtrie, car nous n'avions pas le cœur à laisser ce petit animal seul dans la forêt pendant que nous pouvions dormir au chaud à l'abri. Le soir même, au coin du feu, je confectionnai une attelle en bois avec des branches de noisetier et fixai le tout avec de la ficelle trouvée dans la cabane. Nos seuls outils étaient une machette et un couteau à double tranchant, ce qui suffisait largement à nos tâches quotidiennes. Après lui avoir donné à boire et l'avoir emmailloté dans une couverture, nous l'installâmes dans un coin de la cabane pour la nuit, l'animal gémit un long moment mais finit par s'endormir jusqu'au matin.

La cabane était petite mais très fonctionnelle, on l'atteignait par une échelle de corde et l'accès s'effectuait par une trappe située dans le plancher. Elle devait faire trois mètres sur trois, et possédait deux petites fenêtres avec des volets battants. La vue était somptueuse : d'un côté, elle plongeait sur le torrent en contrebas et, de l'autre, elle nous révélait les montagnes enneigées. De plus, la cabane était située sur une légère colline dominant le reste de la vallée, nous offrant un point de vue magnifique sur cette cuvette où tout n'était que nature et paix.

Le confort était spartiate, un lit fait de paille avec une couverture et un coffre pour y ranger nos affaires. Il y avait aussi, dans un coin, un four en fer avec un conduit pour évacuer la fumée ; je n'en avais jamais vu de semblable. Je supposais qu'il s'agissait d'un moyen de se chauffer. Les concepteurs et constructeurs de cette cabane devaient certainement être érudits, car elle était parfaitement étanche, sa solidité ne faisait aucun doute, on s'y sentait en sécurité.

Nous savourions chaque instant à sa juste valeur sans savoir de quoi le lendemain serait fait, la vie était douce et les journées ponctuées de joies simples, comme cueillir des mûres, ou dormir au bord de la rivière.

Notre communion avec la nature était totale et s'il n'y avait pas eu la peur de savoir comment se passerait l'arrivée du nouveau-né, nous aurions été totalement sereins, car nous n'avions aucune connaissance en la matière, plus encore, ceci relevait pour nous d'une étape obscure et mystérieuse.

Après quelques jours de soins, le chevreau commençait à se tenir debout et à marcher en boitillant. L'attelle lui maintenait la jambe droite, mais son envie de bouger faisait qu'il ne tenait pas en place, il buvait à la rivière et broutait l'herbe des alentours et, le soir, il aimait se mettre à côté du feu en grignotant des restes de fruits. Ses progrès étaient vraiment rapides et il ne tarda pas à enlever lui-même l'attelle à force de sauter et de gigoter. Curieusement, il resta auprès de nous et, même si ses congénères passaient de temps en temps à proximité, il restait à nos côtés, satisfait de son sort. Des chèvres béguetaient au loin, comme pour l'appeler, mais il ne les regardait que furtivement avant de reprendre ses jeux incessants autour du camp.

Zia, ma compagne, était magnifique. Ses yeux me renvoyaient mon regard, à tel point que j'avais l'impression de me voir dans un miroir. Je me voyais en elle, et le reflet que j'observais me plaisait. Elle révélait le meilleur de moi-même, j'avais cette sensation étrange et magnifique qu'elle comprenait tout ce que je lui disais et, de même quand elle me parlait, j'avais le sentiment de tout comprendre, de la connaître, de ressentir absolument tout d'elle.

Ses cheveux noirs épais tombaient jusqu'au milieu de son dos, elle avait la peau mate et de grands yeux noirs légèrement bridés. Elle me rendait meilleur, c'est certain, je pensais à ce moment n'avoir rien connu et rien fait avant de la connaître. Tout en elle respirait l'amour, sa gestuelle et ses paroles me fascinaient littéralement, et j'aurais pu rester là, à la contempler pour l'éternité, sans avoir besoin d'autre chose que d'être avec elle.

Ce matin-là, je descendis le chevreau de la cabane et, tandis que je commençais à préparer le repas, il s'enfuit brutalement en s'enfonçant dans la forêt. Il ne revint pas et nous pensâmes qu'il était retourné avec les siens. Nous nous étions attachés à ce petit animal et son absence se fit très vite ressentir, notamment au moment des repas pendant lesquels il avait pris l'habitude de quémander un morceau de galette.

Chance ou malchance, nous ne le savions pas. Le ventre de ma dulcinée continuait à ressortir et le bébé grandissait bien. De temps en temps, il bougeait et on pouvait sentir toute la force de ses coups de pied à travers la peau. Il était vigoureux et très actif, cela nous emplissait de joie et rendait notre amour encore plus fort. À ce moment-là, nous savions que nous étions en train de réaliser quelque chose qui nous dépassait de très loin. La beauté de ce que nous voyions et ressentions était telle que tout ce que nous avions appris avant de nous connaître s'effaçait peu à peu.

Tandis que je lavais la poêle et le couteau dans le torrent, Zia m'appela depuis la fenêtre de la cabane. Je ne compris pas ce qu'elle disait à cause du tumulte du courant ; il avait plu la veille et le débit avait considérablement augmenté. Je terminai rapidement et, en levant les yeux, je vis une dizaine de chèvres installées dans l'enclos, broutant le peu de foin que nous avions ramassé des semaines auparavant. Elles avaient suivi le chevreau qui avait bien grandi, et s'étaient établies tranquillement dans notre campement. Le chevreau vint vers moi sans que je sache s'il était content de me voir ou s'il convoitait simplement un morceau de galette dans mes poches.

Les jours suivants, le petit troupeau passa de plus en plus de temps avec nous, si bien que je démontai peu à peu l'enclos qui ne servait à rien, car les chèvres venaient et repartaient à leur gré. Je me servis des poteaux de l'enclos pour fabriquer un pont rudimentaire permettant de traverser la rivière sans se mouiller les pieds. Les chèvres, quant à elles, avaient trouvé demeure la journée le long du torrent et, le soir, auprès du feu. Elles devaient se sentir en sécurité à nos côtés car elles nous suivaient même, de temps en temps, lorsque nous nous éloignions du campement pour cueillir des fruits.

Le bébé ne devrait plus tarder à sortir du ventre de sa maman car elle commençait à éprouver une certaine difficulté à se mouvoir, et le passage par l'échelle de corde ressemblait de plus en plus à une corvée. Son ventre énorme contrastait avec la fragilité de son corps, elle était frêle et menue. De plus, un mal de dos inconnu la faisait souffrir le martyre à chacun de ses mouvements. Bientôt, elle ne pourrait plus grimper à l'échelle et il faudrait que je descende le lit pour nous installer définitivement au pied de l'arbre. En effet, il n'existait aucune menace dans cette vallée enchantée, et les prédateurs n'avaient pas été invités à vivre par ici.

Cet endroit était à l'exact opposé d'où nous venions, il était propice à la paix, à l'amour et à la communion avec la nature. D'ailleurs, nos souvenirs de cette ancienne vie s'estompaient peu à peu, pour laisser place à un océan de bonheur et de joie.

Les tâches ne manquaient pas pour assurer notre subsistance : la cueillette, le ramassage de bois et d'œufs, la traite des chèvres qui voulaient bien se laisser faire, et la recherche de plantes médicinales en vue de l'arrivée du bébé. Il faudrait sûrement désinfecter des plaies, et je connaissais un nombre suffisant de plantes qui me permettraient d'éviter toute infection.

Cette nuit-là, tandis que je dormais profondément, ma douce se réveilla en sursaut, elle avait fait un horrible cauchemar dans lequel elle nous voyait séparés, arrachés violemment l'un à l'autre par des hommes habillés de combinaison sombre. Je donnai le change en la rassurant et en lui disant que cela n'arriverait pas, mais j'étais troublé moi aussi, car ce n'était pas la première fois qu'elle faisait ce genre de rêve clair, et toutes les autres scènes qu'elle avait déjà rêvées s'étaient toutes déjà réalisées, sauf une.

Le danger était là et nous en étions conscients. Le chemin que nous avions commencé à emprunter quelques mois auparavant était inconnu et dangereux, mais nous ne pouvions pas en concevoir un autre, il fallait continuer à avancer et voir où tout cela nous mènerait. La seule chose qui comptait à nos yeux, à ce moment, c'était d'être ensemble, la force qui nous unissait surpassait nos peurs, nos doutes et nos craintes.

Malgré toutes mes connaissances en termes de botanique et d'incessantes recherches, je n'étais pas parvenu à trouver la moindre herbe médicinale dans toute la vallée. Cette forêt clairsemée nous avait accueillis mais ne nous donnait pas le nécessaire pour d'éventuels soins médicaux. Je souhaitais prendre les devants sans attendre de me trouver dans l'urgence, que ce soit pour la sortie du bébé, pour soigner une blessure bénigne, ou pour calmer une fièvre persistante.

Je savais, pour l'avoir lu dans d'anciens livres trouvés dans un vieux coffre chez mes grands-parents, que les plantes médicinales les plus efficaces se trouvaient en altitude, comme si la valeur du trésor devait être comparable à la difficulté d'y accéder. J'en fis part à ma dulcinée, mais elle fut très réticente à l'idée que j'aille seul sur ces sommets enneigés. Elle avait un mauvais pressentiment et, en plus, je devais la laisser seule durant ce laps de temps, ce qui ne l'enchantait guère. Passée l'annonce, elle comprit que c'était nécessaire pour assurer notre survie dans de bonnes conditions.

Le lendemain, une fois les préparatifs terminés afin qu'elle puisse rester seule deux jours, je m'éloignai du campement muni de la machette, de galettes de blé, de quelques fruits, et d'une gourde d'eau en peau de bête trouvée dans le coffre de la cabane. Je me mis en chemin et, bientôt, je ne vis plus ni le campement ni le chêne, point de repère pourtant visible d'assez loin. L'objectif désigné était le plus haut sommet de la chaîne montagneuse qui nous entourait, c'est là que j'aurais le plus de chance de trouver des plantes dignes d'intérêt. Je pensais le premier jour me rapprocher du sommet en trouvant un refuge, gravir la partie la plus abrupte au matin du deuxième jour, pour avoir le temps d'explorer, puis de redescendre au campement dans la journée.

J'avais escaladé une bonne partie de la base du massif, quand je fis une pause pour reprendre un peu de forces, même si mon corps réagissait bien à l'effort continu et que je ne ressentais pas de douleurs particulières. J'apercevais plus haut un aplomb rocheux qui pourrait me servir d'abri pour la nuit, et je me mis en quête de l'atteindre. Il restait une partie très dure à escalader, car très pentue, le soleil était encore haut dans le ciel mais la température était clémente.

Quand j'eus enfin atteint l'aplomb rocheux, il faisait presque nuit noire, et cela m'avait pris beaucoup plus de temps que prévu de progresser dans la pente, la terre n'était pas stable et des éboulis fréquents m'avaient obligé à rebrousser chemin plusieurs fois. Autour de la grotte naturelle, je ramassai des brindilles et quelques morceaux de bois mort pour préparer rapidement un feu, cela me permettrait de me réchauffer et de signaler ma présence à ma bien-aimée restée dans la vallée.

Le matin d'après, le froid me réveilla avant la lumière, et j'en profitai pour commencer à progresser dès les premières lueurs du soleil. La journée promettait d'être longue et fatigante, et je compris très rapidement que ce serait difficile, car la pente devenait presque verticale et la végétation encore dense, était faite de ronces et de plantes plus piquantes les unes que les autres. Il ne me faudrait plus qu'une heure ou deux pour arriver près du sommet.

Une fois celui-ci atteint, je m'assis pour récupérer mon souffle, car les effets conjugués de la fatigue et de l'altitude m'avaient mis en détresse respiratoire. Reposé et restauré, je pus commencer à contempler la vue à 360 degrés : d'un côté, notre vallée enchantée et, de l'autre, de l'eau à perte de vue jusqu'à l'horizon, tout autour de la chaîne montagneuse. Nous étions sur une île.

Ce moment de grâce fut de courte durée car le ciel menaçant depuis une heure se fit plus noir encore, et le temps m'était compté avant que l'orage ne gronde. Si je devais trouver des plantes médicinales, c'était à ce moment précis, car les nuages approchants n'annonçaient rien de bon. Après une exploration rapide de la crête, je remarquai rapidement une plante que je connaissais bien et qui possédait de multiples vertus dont celles antibactériennes en application locale. Je m'empressai d'en ramasser une quantité suffisante pour commencer ma descente vers la vallée, quand l'orage éclata, brutal et assourdissant. Des torrents se formaient autour de moi et la visibilité se faisait de plus en plus réduite.

Je continuai péniblement ma descente, cherchant des appuis ainsi que mon chemin, quand j'entendis un bruit sourd qui se rapprochait. Ce n'était ni la pluie ni le tonnerre, c'était plus caverneux, plus effrayant encore. Quand je compris, mon sang se glaça, car la moitié de la montagne déboulait vers moi dans un vacarme d'enfer : un mélange de boue, de pierres, de terre et d'arbres entiers dévalait la pente à une vitesse folle, et j'étais là, en contrebas de cette énorme avalanche.

Tandis que je tentais de me maintenir debout sur la pente, j'aperçus l'aplomb rocheux de la veille à cinquante mètres sur ma gauche ; si je parvenais à l'atteindre, je serais sauvé. Ce que je fis à grand-peine, m'arrachant les jambes dans les fourrés et progressant à quatre pattes dans la pente boueuse. Une fois à l'abri, je pus constater que seul ce piton rocheux résistait, tout autour, il n'y avait qu'un fleuve charriant terre et cailloux sur son passage. Je m'aperçus également que j'avais perdu le reste de mes vivres ainsi que les plantes médicinales pour lesquelles j'avais pris tous ces risques.

La montagne n'avait pas voulu m'accorder ce privilège, je devais l'accepter et me satisfaire d'être encore en vie.

Quand j'arrivai enfin à notre campement, le lendemain, ma douce était hors d'elle, un mélange de soulagement de me retrouver et de peur de m'avoir perdu, l'avait mise dans un état de colère terrible. Elle avait surmonté cet orage seule et pensait ne jamais me revoir tant la nature s'était déchaînée, mais la joie de nous retrouver fut la plus forte. Cet épisode nous parut bien loin dès qu'il fallut reprendre la vie quotidienne. Je lui promis alors de l'écouter dès lors qu'elle aurait un mauvais pressentiment.

La nature avait donné, la nature avait repris. Ma peur de voir surgir des problèmes les avait créés et je constatais que, mis à part une grande fatigue et des plaies aux jambes, cette escapade ne m'avait rien apporté. Je devais me concentrer plus encore sur l'instant présent et lâcher prise sur la situation, faire la différence entre ce que je pouvais changer et ce qui demeurait extérieur à mon contrôle. Vouloir plus de sécurité pour rassurer mes peurs ne me faisait pas progresser, c'était d'abord moi que je devais changer.

Il nous fallut deux bonnes journées pour remettre en ordre le camp, sécher le peu d'affaires que nous possédions, débarrasser les alentours des débris charriés par le courant et, surtout, déplacer notre coin repas avec les rondins et le foyer. En effet, la force du courant avait modifié le lit de la rivière et, maintenant, elle passait dangereusement près de notre installation, il fallut donc tout réinstaller une dizaine de mètres plus loin, dans la perspective d'un autre épisode orageux.

J'en profitai pour améliorer le foyer en construisant un petit toit pour le protéger des averses, cela permettrait de conserver un peu de braise pour cuisiner et se réchauffer au besoin. Il me semblait que la température moyenne diminuait et que la pluie tombait de plus en plus fréquemment, je me rappelai alors les histoires de mon grand-père à ce sujet : il disait que le temps variait au cours de l'année, il appelait cela « les saisons ».

Au cours des jours suivants, mes craintes se confirmèrent, la température baissait considérablement, et il faudrait donc songer à remonter s'abriter dans la cabane, ce qui ne serait pas aisé compte tenu de l'état de santé de mon amour. Son ventre était vraiment dessiné et son dos lui faisait d'autant plus mal, c'était certainement dû à sa cambrure, le tout accentué par le poids du bébé, qui rendait ses mouvements très difficiles.

Je confectionnai donc un treuil avec le peu de cordes que j'avais à disposition, dans l'idée de porter une partie de son poids tandis qu'elle escaladerait l'échelle de corde. L'opération se déroula sans encombre, et la cabane serait désormais son habitat pour un certain temps, car trois mois s'étaient écoulés depuis les premiers vomissements, date de l'arrivée de la vie dans son ventre, et d'après les vieilles encyclopédies de mon grand-père, il faudrait neuf mois au total pour que le bébé grandisse et sorte du ventre de sa maman.

Nous n'avions pas de connaissances théoriques à ce sujet, mais nous nous contentions de penser que ce petit être en devenir était simplement le fruit de notre amour. Il y avait, pour nous, quelque chose d'irrationnel dans l'origine de la vie, c'était juste la conséquence du lien qui nous unissait et qui nous unirait éternellement, inconnu et magique à la fois.

La neige recouvra peu à peu toute la vallée d'un manteau blanc, ce spectacle fantastique faisait écho à la pureté de l'enfant à venir. Tout ce blanc, toute cette nature silencieuse, toute cette page vierge de notre vie nous faisait espérer des moments merveilleux. Perchés en haut de notre arbre dans notre cocon de bois, il nous semblait que nous avions trouvé le bonheur.

Tandis que je contemplais ce spectacle merveilleux, je surpris des ombres se déplacer furtivement dans la neige.

C'était eux.

Ils nous avaient retrouvés.

3

LES AWAS

Où est la chance ? Où sont les coïncidences ?

Plus que moi-même, je crois en ton existence

Je sentais qu'on me portait à travers la forêt dense et je ressentais toujours cette moiteur étouffante. Dans cet état de demi-conscience, j'entendais les hommes autour de moi parler dans une langue inconnue, je me rappelai alors les crocodiles, le jaguar, les blessures et la fièvre.

Nous arrivâmes dans une clairière et ils me déposèrent sur le sol d'une cahute. Je continuais à transpirer à cause de la fièvre, un homme seul habillé différemment des autres resta avec moi. Il commença à prononcer des incantations, à me déposer des pierres et des plantes sur tout le corps, il déplaça même un animal vivant ressemblant à un cochon-dinde d'un bout à l'autre de mes membres. Celui-ci poussa un gloussement et mourut dans l'instant.

Cet homme devait être très important, j'avais remarqué comment le regardaient tous les autres. Il dégageait une aura particulière, avec sa tenue faite de plumes, de bijoux dorés et de dents, il inspirait le respect et la précision de ses gestes montrait qu'il savait ce qu'il faisait. Après un long moment à effectuer ses rituels, il se baissa pour me regarder dans les yeux d'un air grave et rassurant à la fois, je savais qu'il me disait quelque chose d'important mais je ne comprenais rien.

Il appela les hommes restés dehors et me fit signe de les suivre d'un geste de la main ainsi que d'un acquiescement de la tête, puis ils vinrent me chercher pour me conduire en dehors de la clairière, à la lisière de la forêt. Ils me firent boire un breuvage amer et m'installèrent ensuite dans un trou creusé à même le sol. Ensuite, ils me firent m'allonger délicatement dedans.

Dans le même temps, je sentais du plus profond de mon être que ces hommes étaient bons et qu'ils faisaient leur possible pour me guérir.

Une fois qu'ils m'eurent installé dans le trou, ils disposèrent tout autour de moi des bols de plantes produisant une fumée âcre et très épaisse, je supposai qu'il s'agissait encore d'un rituel mais je compris rapidement pourquoi ils m'avaient conduit jusque-là. Ils allaient désinfecter mes plaies par fumigation d'un mélange de plantes et de fleurs, il fallait pour cela recouvrir le trou, me laissant dedans, et la fumée devrait pénétrer, guérir et assainir mes plaies.

Ils disposèrent de grandes feuilles par-dessus mon corps. Bientôt, je ne vis plus rien que de la fumée, je ne parvenais plus à respirer correctement, je suffoquais et ne tarderais pas à perdre connaissance sans savoir si j'allais me réveiller. Je m'appliquai à rester calme en repensant à l'expression de l'homme qui m'avait soigné quelques minutes auparavant, il voulait mon bien, c'était sûr. De toute façon je devais accepter mon sort car mes forces me permettaient simplement d'observer mon environnement sans pouvoir avoir une prise sur les évènements.

En même temps que je luttais pour ne pas perdre connaissance, je sentais ma flamme intérieure reprendre de la vigueur et de la puissance. Je sentais cette force me remplir sans pouvoir en connaître la cause, elle m'inondait et me rassurait en ce moment douloureux. Je savais ce que je ferais si je devais survivre, découvrir d'où elle venait et pouvoir la ressentir à chaque instant de ma vie.

Quand je repris enfin connaissance, la fumée avait disparu, il restait seulement une odeur douce-amère. Je tentai instinctivement de sortir du trou en écartant les immenses feuilles vertes disposées au-dessus de moi et je vis, en me redressant, un homme assis à côté du trou, me souriant de toute sa rangée de dents blanches. Il m'invita à le suivre.

Il faisait nuit noire, lui seul parvenait à se repérer dans cette obscurité verte, je ne m'en rendis pas tout de suite compte mais ce n'est qu'en le suivant que je m'aperçus que mon corps était parfaitement sain. Ma fièvre était tombée, mes blessures étaient cautérisées, je pouvais marcher et bouger mon bras à ma convenance.

Si ce n'était ce mal de tête lancinant, j'aurais pu dire que je me sentais en pleine possession de mes moyens. Nous n'étions pas loin de la clairière mais je n'aurais jamais pu la retrouver seul. À notre arrivée, il s'empressa de me conduire à l'homme sage qui m'avait accueilli. Celui-ci, toujours solennel et appliqué, m'examina de haut en bas pendant de longues minutes, puis il me fit signe de m'asseoir au milieu de la cabane et grommela quelques mots à l'homme qui m'avait raccompagné.

Quelques minutes plus tard, la cahute se remplit d'hommes, de femmes, d'enfants et d'animaux, à tel point qu'on ne distinguait plus les parois, ils étaient heureux de me voir en bonne santé, comme si j'étais l'un des leurs, ils criaient, psalmodiaient, riaient à gorge déployée. L'émotion fut trop forte, de ma survie solitaire et difficile, je passais sans transition à une tribu amie et bienveillante, je me mis à pleurer, je sentais que leur joie était sincère de me voir ainsi rétabli.

Nous restâmes ensemble une bonne partie de la nuit, à nous regarder, sans pouvoir communiquer autrement que par signes, ce qui ne manqua pas de faire rire les enfants présents, notamment quand j'entrepris de leur mimer mes péripéties avec les crocodiles et le jaguar. Tous les convives partis, l'homme sage qui paraissait être le chef me montra du doigt un hamac dans un coin de la cabane, je m'y installai et m'y endormis d'un profond sommeil.

Je n'avais pas la notion des jours, et il avait pu se passer une semaine ou un an depuis les crocodiles, je l'ignorais complètement, car le temps s'était suspendu avec moi au bout de cette sangle. J'avais d'autant plus de mal à me situer que mon amnésie laissait un grand blanc et un grand vide en moi. Je n'avais plus aucun repère temporel ni spatial et je me rendais compte que j'étais désorienté au point de douter de mon existence physique.

Le lendemain, je me réveillai reposé, en bonne santé et en sécurité, ce qui ne m'était pas arrivé depuis une éternité. Des femmes m'apportèrent des fruits et du poisson séché ainsi qu'une boisson blanchâtre. Tandis que je me restaurais, elles s'afféraient autour de moi en poursuivant le nettoyage de l'ensemble de mes plaies avec des potions de leur fabrication.

Je tentais d'être digne de toute l'attention qu'elles me portaient en les remerciant du regard avec toute mon humilité, elles me traitaient comme un roi alors que je ne les connaissais pas. Une fois restauré et soigné, elles me conduisirent une fois de plus à leur sage dans une cabane à l'écart des autres, il était assis à côté du feu et m'invita à le rejoindre. Il était à la fois magnétique et bienveillant, l'impression qu'il me fit fut encore plus saisissante que la veille.

Il était encore humain, mais il y avait autre chose en lui, une dimension mystique et infinie, je pressentais qu'il lisait en moi comme dans un livre, je sentais qu'il souhaitait communiquer avec moi.

Nous restâmes assis ainsi une bonne partie de la journée sans rien se dire, il m'observait et je faisais de même, il n'y avait pas de gêne, juste de la curiosité réciproque. Au bout d'un certain temps, il prit les fruits et me fit comprendre que je ne devais plus rien manger, j'acquiesçai en signe de confiance et de compréhension, sans savoir ce qu'il voulait de moi. Ensuite, il me fit raccompagner à mon hamac en me faisant comprendre que je devais me reposer.

Ceci se répéta pendant trois jours, toujours sans manger, en buvant la même boisson blanchâtre et amère. Même si mon état général s'améliorait, je dois dire que j'étais affamé, la tentation était grande d'aller cueillir des fruits présents tout autour du village. Le hameau était constitué d'une quinzaine de huttes concentrées au centre de la clairière. L'espace qu'ils avaient défriché devait faire un cercle de 100 mètres de diamètre et, au centre, se trouvait la plus grande hutte qui devait servir de maison commune, Celle du chef, avec qui je passais l'intégralité de mes journées, était plus excentrée.

Chacun des membres de la tribu allait et venait dans un calme et une sérénité qui m'aidaient à accepter ce jeûne forcé. Tous me saluaient avec un profond respect, les enfants ne cessaient de jouer et de sauter autour de moi, ils voulaient que je mime à l'infini mes aventures, je m'y prêtais volontiers car leurs éclats de rire au moment d'imiter les crocodiles remplissaient mon cœur de bonheur.

Le troisième jour, à la tombée de la nuit, le sage me fit asseoir autour du feu auprès de lui ; il était accompagné d'un autre homme tout aussi fascinant. Ils me firent boire une boisson chaude au goût exécrable, puis quelques minutes après, ma vision commença à se troubler. La perception de mon corps se modifiait peu à peu, je m'engourdissais et restais là, assis en tailleur, à fixer les flammes.

Je ressentais s'effacer les limites de mon corps physique, peu à peu. Sans que je m'en aperçoive, je me retrouvai seul dans la forêt. Je voyais, je sentais, j'entendais, mais différemment, c'était plus profond, plus clair mais plus effrayant aussi, car je ressentais tout mon environnement en même temps, les plantes, les animaux, et même d'autres entités que je ne pouvais définir.

Le mal-être se transforma vite en angoisse, car le flot d'informations et de sensations était trop important, et la peur me submergeait… quand j'entendis une voix :

– Calme-toi, l'Homme Oiseau, apaise tes peurs et concentre-toi sur ma voix, elle te guidera.

– Qui est-ce ? m'entendis-je répondre.

– Je suis Viracotcha, le shaman de ce village, et le breuvage que tu as ingurgité est une décoction d'Ayahuasca, une plante sacrée qui dissout les barrières entre l'homme et la nature. Tu es à présent en osmose avec Mère Nature comme l'étaient nos ancêtres, et les trois jours de jeûne étaient nécessaires pour préparer ton corps à accueillir ces perceptions nouvelles. Je te servirai de guide pour que tu ne t'égares pas, et surtout pour que la peur ne t'envahisse pas, car la peur mène à la colère et la colère mène à l'oubli de la source de toute vie : l'amour.

– Mais où sommes-nous ?

– Nous sommes sur un plan de conscience plus subtil que le plan physique. Ici, l'homme est égal à l'insecte, de même qu'il est semblable à l'orchidée. Il n'y a pas de haut ni de bas, pas de bien ni de mal, tout est un, et si tu m'écoutes, je te ferai découvrir le vrai sens des choses, fais-moi confiance, Homme Oiseau. Nous t'avons recueilli, soigné et préparé dans un but bien précis, car nous t'attendions depuis longtemps.

Mon esprit s'apaisait peu à peu, mais j'étais assailli de questions :

– Comment peut-on se parler ? Je ne connais pas votre langue, et pourquoi m'appelez- vous « l'Homme Oiseau » ?

Après avoir entendu sa voix sans pouvoir le localiser, le shaman apparut, face à moi, sous la forme d'un énorme serpent à plumes. Curieusement, cela ne m'effraya pas, bien au contraire. Sans pouvoir l'expliquer, je savais que c'était lui, et il m'apparaissait sous cette forme car c'est ce qu'il était.

– Je vois que tu apprends vite, ton cœur doit demeurer ouvert, et la peur loin de toi, nous pouvons communiquer car, ici, les limites que tu connais sont abolies. Tu peux converser avec moi comme avec l'arbre, tu peux apprendre de moi comme de l'ours, c'est un plan de conscience dans lequel ce qui nous différencie s'efface au profit de ce qui nous unit. J'ai aussi beaucoup de choses à t'apprendre et à te transmettre, et c'est pour cela que je t'ai fait prendre un bol d'Ayahuasca. Quant à l'Homme Oiseau, c'est une légende très ancienne de mon peuple qui parle d'un dieu qui viendrait du ciel. La légende dit qu'il serait mi-homme mi-oiseau, toi tu es tombé du ciel, nous t'avons vu voler et venir à nous, c'est pour cela que nous nous sommes mis à ta recherche. La partie du territoire où tu es venu à nous n'est plus habitée depuis longtemps, le jaguar belliqueux qui habite cette terre a pris de nombreuses vies parmi mon peuple. La force de la légende a été plus forte que la peur du prédateur pour venir à ta rencontre dans cette cabane perchée.

– Tu peux donc me dire qui je suis et d'où je viens ? Je ne me rappelle rien de ma vie avant d'arriver sur ton territoire, je ne sais pas comment je m'appelle, ni comment, ni pourquoi je suis arrivé ici.

– Je ne peux te dire d'où tu viens ni comment ni pourquoi, car je l'ignore mais, en revanche, je peux te dire ce que tu es et quelle est ta mission.

– Et qui suis-je ? demandai-je interloqué.

– Tu es un guerrier de l'amour, un guerrier mystique, c'est ton essence, ton être profond. Ta mission est de propager l'amour partout où tu te trouves, et quand je te regarde maintenant, je vois un aigle royal tenant un glaive en or. Le temps n'est pas venu pour que tu te souviennes, le temps est à l'apprentissage des choses cachées derrière les choses.

Ces paroles n'avaient pas de sens pour moi, j'étais perdu et amnésique, je ne pensais qu'à me retrouver. Je devais avoir une famille, des amis, une vie, en somme. Cet homme était instruit, c'était certain, ses paroles étaient sages et son discours clair, mais il ne m'apportait pas les réponses que je voulais. Au contraire, il ajoutait au mystère de mon existence, d'autres mystères plus énigmatiques encore. Il augmentait le nombre de questions que je voulais lui poser au fur et à mesure que je découvrais son univers. La peur m'étreint de nouveau, mais cette fois ci, plus intensément. Je ne me sentais pas à la hauteur de tout ce que cet homme disait de moi, un guerrier, un homme oiseau. J'étais un homme venu de nulle part, ne sachant pas et ne comprenant pas ce qu'on attendait de lui.

– Écoute ton cœur, Homme Oiseau, lui seul te guidera à travers les ténèbres. La nature t'a donné le don de parler au cœur des hommes, de leur révéler ce qu'ils sont, pour que l'amour devienne leur seul moyen d'expression.

– Comment sais-tu que je suis capable de faire cela ? Je ne sais même pas ce qu'est l'amour, le cœur ou même ce qu'est un guerrier.

– Je le vois et je le sais, c'est tout, car je t'ai observé durant ces trois jours. Ton cœur est pur et ton regard est sain, tu es bien le dieu de la prophétie de mon peuple, tu auras besoin de mes enseignements pour te retrouver, tout dépendra de ta volonté à dépasser ce que tu vois pour te fier à ce que tu sens.

Je décidai de lui faire confiance, ses paroles étaient cohérentes et il finirait peut-être par répondre à mes questions, voire guérir mon amnésie. De plus, la même force qui m'avait aidé à survivre me poussait à rester avec cet homme, elle m'invitait à me rapprocher de lui avec la même intensité qu'elle m'avait permis d'échapper à la mort.

– Viracotcha, je te remercie de tout ce que vous avez tous fait pour moi, vous m'avez sauvé et guéri, et si tel est mon chemin, je ferai tout pour en être digne.

– Tes paroles sont sages, Homme Oiseau. Maintenant, il est temps de revenir au plan physique, sache que tout ce que ce tu apprends pendant la transe demeure. Ensuite, nous pourrons continuer de nous parler, c'était l'un des buts de cette cérémonie.

Mes doigts picotaient et je frissonnais légèrement, quand je me rendis compte que j'étais toujours devant le feu de la cahute. Il y avait toujours le shaman ainsi que l'autre homme à mes côtés. Ce dernier s'adressa à moi :

– Les sensations habituelles de ton corps vont revenir progressivement, respire calmement et bois un peu de chicha.

– C'est curieux, j'ai la sensation d'avoir toujours parlé votre langue, lui répondis-je en riant.

– C'est le cas, tu la parlais déjà mais tu ne le savais pas encore. L'Ayahuasca ne fait que révéler ce qui existe déjà, elle enlève le voile de l'ignorance pour accéder à la connaissance de toute chose.

Pendant que nous parlions, le shaman, lui, était toujours en transe, impassible devant le feu. L'autre homme était plus jeune, ses yeux brillaient d'intelligence, il dégageait une force impressionnante. Il m'inspirait la même confiance et le même charisme que le shaman, je ne l'avais pourtant pas vu dans ma transe et j'avais des questions à lui poser.

– Comment t'appelles-tu ? Tu es aussi shaman ?

– Je m'appelle Iduski et je fais également partie de la tribu des Awas. Je ne suis pas shaman, je suis chasseur pour l'ensemble de la tribu. Il n'y a pas meilleur que moi pour traquer les singes avec ma sarbacane. Si tu veux, je t'enseignerai cet art.

– C'est vrai, cette légende d'homme oiseau ?

– Oui, cela fait partie des histoires qu'on nous raconte depuis le plus jeune âge. Les anciens nous transmettent le savoir et la connaissance à travers les contes et les légendes. Nous sommes très tôt initiés à la prise d'Ayahuasca, nous vivons dès l'enfance très proches de la nature et de ses secrets. Pour nous, tout fait partie d'un seul et même tout, la légende dit également que le règne des oiseaux veille sur toi car tu es leur gardien et leur représentant parmi les hommes.

– C'est quoi, un guerrier de l'amour ? lui demandai-je.

– C'est un homme qui lutte avec son cœur pour faire émerger l'amour dans le coeur de son prochain. Il se bat sans relâche au milieu des ténèbres de la raison pour que l'amour éclaire, illumine et emplisse tout l'espace, c'est la mission qu'on t'a donnée.

– Qui ?

– Pourquoi faudrait-il nommer toute chose ? Définir, réduire... C'est ton chemin, tu dois abandonner les réflexes de ton ancienne vie pour fonctionner de manière plus intuitive, plus immédiate. Ta soif de savoir est louable et compréhensive, mais pour apprendre, il va falloir d'abord désapprendre.

– Mais désapprendre quoi ? Je ne sais rien et je ne me souviens de rien ! rétorquai-je, impuissant.

– C'est ancré en toi, dans tes gènes et dans ton corps. Sans le conscientiser, tu te sens obligé de définir, de comprendre, de prouver, de voir, de vérifier, d'analyser alors que la voie est simple.

Le shaman ouvrit les yeux, une bonté immense s'en dégagea. Il s'étira et but un peu de chicha comme pour peser les mots qu'il allait prononcer :

– Tu fais partie de notre tribu, désormais. Tu en as toujours fait partie. À présent, tu es avec nous, nous avons des choses à t'apprendre. Ensuite, tu devras partir loin pour revenir nous sauver.

Je restai une fois de plus circonspect et mal à l'aise devant ces énigmes, sans savoir le chemin qu'il me restait à parcourir, ni quand ni comment. Mon passé était mystérieux et mon futur tout autant. Iduski me serra fort dans ses bras et sortit de la cabane en me disant qu'on se reverrait plus tard. J'étais déjà impatient de le retrouver, tant il était intéressant. Son discours dérangeant résonnait en moi, il me parlait de choses que je ne connaissais pas mais que je trouvais justes et sensées, malgré ma vision limitée de l'ensemble de la situation.

Viracotcha ajouta : « Tu peux maintenant aller manger quelques fruits et un peu de viande séchée, tu auras besoin de forces pour cet après-midi. Je dois t'emmener avec Iduski dans un endroit situé à deux jours de marche du village, alors repose-toi bien, mon ami. »

Les effets de la plante avaient disparu et je me sentais à nouveau en pleine possession de mon corps. J'étais heureux d'être là, je faisais partie de la tribu et ma survie était assurée, je dormais au sec et la nourriture était abondante. Je devais lâcher prise et prendre les évènements au fur et à mesure, les réponses viendraient naturellement.

La transe avait donc duré toute la nuit car, tandis je sortais de la hutte du shaman, l'aurore s'avançait et l'aube n'était plus très loin.

Ces heures autour du feu m'avaient paru des minutes, je prenais alors conscience d'avoir vécu des moments extraordinaires avec mes deux compagnons. Je me souvenais de tout : les sensations, les visions, la perception… Mon regard sur le monde avait changé, je ne pouvais être ignorant de ce que j'avais ressenti, j'avais irrémédiablement franchi une frontière.

Quand le soleil fut au plus haut, Iduski vint me chercher dans mon hamac.

– On doit partir, l'Homme Oiseau, j'espère que tu t'es bien reposé car le chemin est long. Nous ferons une partie aujourd'hui et la plus dure, demain. Tu n'as besoin de rien d'autre que ton courage.

À ces mots, je compris que les jours à venir seraient douloureux. Je n'avais pas eu le temps de profiter de la douceur du village qu'il me fallait déjà repartir dans la jungle profonde. Mon seul réconfort était que je n'y allais pas seul, ces deux hommes connaissaient parfaitement leur environnement et je le pris comme un privilège.

Nous nous mîmes en route après avoir dit au revoir à toute la tribu, et sans savoir où nous allions. Je compris que c'était un endroit spécial car les visages des Awas étaient graves et solennels, presque inquiets. Iduski marchait devant en éclaireur, moi derrière lui et Viracotcha fermait la marche.

Entouré de mes compagnons, je pouvais observer toute la luxuriance de la nature, sa profusion et son abondance faisaient de cet endroit un refuge de la vie. Je me sentis tout à coup petit au milieu de ce sanctuaire, tout y était si parfaitement orchestré.

Nous nous arrêtâmes devant un fleuve qui devait faire cent mètres de large. Il était noir et bouillonnait de rapides qui faisaient un bruit assourdissant. Il se mit à pleuvoir des cordes quand Iduski me montra du doigt un tronc d'arbre entaillé, incliné à quarante-cinq degrés, servant d'accès à une petite plateforme située à dix mètres de haut sur un grand arbre.

– Nous allons traverser ici, on l'appelle le fleuve noir, dit Iduski.

– Mais il n'y a rien pour traverser ! fis-je interloqué.

– Regarde bien, mon ami. Si tu projettes ta vision à travers la pluie, tu verras trois cordes tendues, une pour les pieds et deux pour se maintenir en équilibre avec les mains.

Tandis que la pluie redoublait, je contemplai le fleuve et imaginai mon sort si je devais tomber dedans. J'étais pétrifié, je ne voyais pas comment monter le long de ce tronc étroit et détrempé pour ensuite traverser en équilibre précaire sur cette mince corde servant de pont.

– Tu peux le faire et tu vas le faire, m'assura Viracotcha.

Sans réfléchir, je commençai la lente montée vers la plateforme, les bras en balancier, chaque pas étant une victoire et chaque entaille une épreuve, car il y avait juste la place pour y poser le bout des doigts de pieds.

Arrivé en haut, je savais que le plus dur était à venir. Après avoir été suspendu par une sangle au-dessus des crocodiles, j'allais me suspendre au-dessus de rapides d'un fleuve sombre au possible.

Tandis que j'attrapais les deux cordes, je vis qu'Iduski avait déjà franchi le pont. Je devais l'imiter, je m'élançai alors de tout mon courage avec la pluie perlant sur mon visage. Je vis Viracotcha qui tentait de me dire quelque chose du bas de l'arbre, sans que je puisse en comprendre un mot à cause du bruit. Quand j'arrivai au milieu du fleuve, je compris ce qu'il avait voulu me dire, mais trop tard ; une des cordes tenant mon équilibre se délitait à ma hauteur et ne tarderait pas à se rompre.

J'avais le choix, je pouvais revenir en arrière avec Viracotcha, retrouver le confort du village et attendre une autre tentative, ou bien continuer le chemin avec Iduski, vers un endroit inconnu, certainement moins confortable. Mon instinct me dit de continuer, mon futur était de l'autre côté de ce fleuve noir, j'en étais certain.

– Lâche la corde abîmée, elle va t'entraîner dans le vide en se brisant, tiens-toi avec les deux autres, les deux pieds pour celle d'en bas et les deux mains pour celle d'en haut, dépêche-toi d'avancer, celle qui tient ton poids est en train de se défaire aussi ! me cria Iduski.

Je pus progresser d'une dizaine de mètres, quand la corde que je venais de lâcher se rompit. Mon corps se balançait d'avant en arrière ; je n'arrivais pas à trouver l'équilibre avec les deux cordes et mes bras étaient tétanisés par la peur de tomber ainsi que de l'effort produit. Je progressai encore, j'arrivai à dix mètres du bord opposé quand je sentis un craquement sous mes pieds : la deuxième corde céda brutalement me laissant les pieds dans le vide, suspendu par les deux mains.

– Je vais lâcher, Iduski ! Je vais lâcher ! me mis-je à hurler.

– Ramène tes pieds sur la corde, tu pourras supporter le poids avec tes bras et tes jambes, allez ! me répondit-il.

Dans un effort surhumain, je parvins à me suspendre et à progresser à l'aide de mes bras et de mes jambes, j'étais presque arrivé, quand la dernière corde rompit au niveau de l'autre rive, me précipitant dans le fleuve.

Agrippé de toutes mes forces à la corde, je voyais la mort venir à moi, j'étais sous l'eau, dans le courant, les yeux fermés, retenant mon souffle, ne sachant plus où se trouvaient ni le haut ni le bas.

4

LA VIE EN SOMMEIL

Tel le lotus qui grandit dans des endroits hostiles

J'ai connu la noirceur et les êtres les plus vils

Je mesurais un mètre cinquante-deux, j'habitais avec mon frère, ma sœur et mes parents dans une de ces grandes tours d'habitation. L'appartement était confortablement meublé, la vie s'écoulait, monotone et prévisible. J'avais une chambre que j'avais décorée à mon goût, de l'argent de poche et la nourriture ne manquait pas. Ma mère était un fin cordon bleu, elle nous régalait de plats délicieux tous plus originaux les uns que les autres.

Cette vie paisible et tranquille pouvait paraître enviable, mais il y manquait quelque chose sans que je ne sache en identifier la nature. Tandis que j'étais dans ma chambre, ma mère m'appela :

– Merlin, viens à table !

– J'arrive, je finis d'apprendre mes leçons.

– Tout de suite, Merlin !

Je n'étais pas en train de travailler car je ne travaillais jamais, je disposais simplement mes outils scolaires sur mon bureau de façon à être crédible si quelqu'un venait à entrer dans ma chambre. Ce qui me passionnait, c'était le pilotage, mais c'était interdit aux civils. Un ami, *effacé* depuis, m'avait confié un programme de simulation très complet utilisé par l'armée, je m'acharnais à vouloir maîtriser ces engins extrêmement rapides. J'étais plutôt doué à ce jeu et cela me permettait de passer le temps qui me paraissait interminable.

Ma mère s'impatientait :

– Merlin ! Viens immédiatement, on t'attend !

Je m'exécutai et, lorsque j'arrivai à table, tout le monde était déjà installé. Le silence régnait, pesant comme avant un orage. J'entendais des éclats de voix depuis quelques minutes mais, étant absorbé par ma séance de simulation de vol, je n'y avais pas prêté attention. Je compris, à voir leurs visages, que cela me concernait et que les minutes suivantes seraient désagréables.

Mon père lança l'assaut :

– Tu n'as rien à nous dire ?

– Euh, non… bredouillai-je.

– On a reçu tes notes, rétorqua-t-il d'un ton implacable.

– Ah...

– C'est catastrophique. Les notes, les appréciations : « Ne travaille pas », « Ne fait rien », « Bavarde », « Le plus fainéant de la classe », que sais-je encore !!

C'était parti pour une bonne heure de sermon parental, alors que mon frère et ma soeur restaient spectateurs. C'était leur spécialité, ils étaient très forts à ce jeu. Ils m'écrasaient tellement et m'humiliaient si fortement que je finissais par pleurer, ce qui avait pour conséquence de faire redoubler leurs attaques. C'était ce qu'ils voulaient ; me blesser le plus possible. Je restai tout ce temps immobile et muet.

Toute cette haine et cette violence verbale me pétrifiaient, j'étais dans l'incapacité de répondre car ce n'était pas leurs interrogations que j'entendais, mais leur haine que je ressentais. Cela me touchait et me mettait dans un état apathique terrible, je ne pouvais pas assimiler tant de colère, d'autant plus qu'il s'agissait de deux adultes instruits et très intelligents. Je ne faisais pas le poids, du haut de mon enfance.

Il n'y avait pas de parole pour la défense et leur incompréhension devant mon silence n'avait d'égal que l'intensité de ma douleur.

Je me terrais alors sous ma carapace, comme la tortue, en attendant que la tempête passe, en attendant le retour du silence comme une délivrance. Cela prenait fin aussi soudainement que cela commençait.

– Tu veux encore un peu de viande, Merlin ? me demanda soudain ma mère, comme pour mettre un point final à l'épisode de façon surréaliste.

Ce décalage brutal, du déversement de haine quelques secondes plus tôt à sa prévenance culinaire, m'avait toujours frappé, mais j'y étais habitué.

– Oui. Merci, Maman, lui répondis-je, soulagé que la tempête soit passée.

Ces séances d'humiliation se répétaient au gré des circonstances, le déclencheur venait le plus souvent de l'école, de bagarres, de mauvaises notes ou de mauvais comportements. Je m'y étais habitué au fil du temps, ces séances de haine m'ayant endurci au point de ne plus rien ressentir du tout. Au bout d'un certain temps, je laissais glisser leur colère, sachant que cela se terminerait. Ce qui était important pour eux ne l'était pas pour moi.

Ils voulaient que je travaille à l'école car eux n'avaient pas eu la possibilité de le faire, par manque de moyens et de volonté de leurs propres parents. Moi, je n'y voyais aucun intérêt, travailler pour qui ? Pourquoi ? Pour qu'ils soient satisfaits de moi et puissent susciter l'admiration de leurs proches ? Soit pour leur bien-être à eux ? Cette motivation-là ne me suffisait pas, la question que je me posais était :« Pourquoi travailler à l'école ? Quel est le sens ? Où cela mène-t-il ? »

Des questions existentielles, en somme. Je cherchais du sens à ce que je faisais, j'en avais besoin pour trouver des raisons d'y consacrer de l'attention et de l'énergie. Ces questions restant sans réponses, je restais spectateur de ma vie en attendant d'y trouver un sens. Je m'aperçus très rapidement que je ne trouverais rien du côté de mes parents.

Ainsi, nous devînmes peu à peu colocataires, puis voisins, dès lors la distance entre nous ne cessa de grandir, eux pris dans le tourbillon du travail et moi dans le tourbillon de la vie. Le lien censé unir des parents à leur enfant se délita doucement au fil de leurs crises de colère, je compris très vite et très jeune que je ne pouvais pas faire confiance à ces personnes, même si elles assuraient ma subsistance.

Pour me protéger de leur violence psychologique, j'érigeai progressivement un mur infranchissable entre nous et pris le parti de fonder mes principes de vie sur des éléments probants que j'aurais préalablement passés au crible de mon jugement de valeur, différent du leur. Dès lors, nos rapports devinrent distants et froids. Toutes leurs erreurs auraient pu être compensées par des attentions bienveillantes, des mots doux, ou des instants de complicité, mais rien. Il n'y avait même pas de sorties en famille juste pour partager des moments simples.

Un seul souvenir me revenait en mémoire : nous étions allés pique-niquer dans un parc reproduisant artificiellement l'environnement naturel d'un champ, afin de sortir et de passer un moment ensemble, mais cela s'était mal passé. J'étais parti me cacher derrière un buisson, simplement pour jouer avec eux, ce qu'ils ne faisaient jamais. En revenant auprès d'eux, j'avais malencontreusement renversé leur boisson préférée, un breuvage qui tourne la tête et ramollit l'esprit. Cela avait plongé mes parents dans une colère si noire qu'ils avaient ramassé toutes les affaires et commencé à les ranger dans le véhicule stationné.

À ce moment-là, mon père m'avait violemment projeté au sol. Ma tête avait heurté une pierre, me faisant hurler de douleur. Ma souffrance avait été assourdissante, j'étais mal en point. Ma mère m'avait finalement pris dans ses bras pour me consoler de ses mains et de son cœur.

Ce fut la seule fois de ma vie où ma mère eut ce geste de tendresse. J'avais souvent, depuis ce jour, des maux de tête terribles. Ils étaient le fruit des séquelles cérébrales dues à la chute mais surtout à ma volonté inconsciente de retrouver la tendresse de ma mère, même s'il me fallait souffrir atrocement pour cela.

Leur frustration et leur incompréhension au regard de ma scolarité chaotique étaient d'autant plus grandes que mes professeurs leur répétaient inlassablement que j'avais les capacités pour occuper de hautes fonctions au sein de *AI Prime*. Je comprenais vite, j'apprenais facilement, j'analysais promptement mais je ne voyais pas l'utilité de le faire juste pour avoir de bonnes notes, cela n'avait pas de sens pour moi. Cela me semblait futile et superficiel.

Mes seuls rayons de soleil, dans cette brume d'ignorance, étaient mes séjours prolongés et répétés chez mes grands-parents. Ils vivaient à l'écart du centre de la mégapole, sur un terrain vague au pied d'un mur si haut qu'il touchait le ciel. Chez eux, c'était rustique et spartiate, mais il y avait de la vraie terre devant la maison avec un petit ruisseau qui passait à côté de la vielle masure. Je passais mes journées dans l'eau à chasser les insectes survivants, construisais des barrages et jouais quel que soit le temps.

Ces moments passés dans la boue étaient des moments d'éternité et de liberté.

Ma grand-mère m'apportait des tartines de pain qu'elle faisait elle-même pour le goûter, leurs saveurs témoignaient de toute l'affection qu'elle me portait. Elle s'asseyait devant moi et me regardait jouer le temps qu'il fallait. De temps en temps, elle me mettait à contribution pour entretenir le petit jardin qu'elle avait ; quelques légumes et quelques salades qu'elle s'évertuait à essayer de faire pousser malgré la grisaille perpétuelle qui régnait toute l'année. Les plantes fânaient, le plus souvent faute de soleil mais cela ne la décourageait pas. Elle me disait :

– Tu dois savoir comment planter, comment cultiver et comment récolter, car viendra un jour où le soleil reviendra, Merlin, et c'est toi qui écarteras ces nuages. Tu es un fils du soleil.

Ces paroles étaient énigmatiques pour moi. Je savais que mes grands-parents avaient été chassés de la ville par les autorités pour des motifs obscurs, qu'ils avaient trouvé refuge sur ce terrain abandonné et qu'ils s'y plaisaient très bien. Ils pouvaient y vivre à leur guise, sans être trop surveillés. Ma grand-mère avait quelque chose de spécial, c'était certain. Sa bonté, sa bienveillance et son humanité étaient évidentes. Beaucoup de personnes venaient la voir, attirées par sa gentillesse. Je les voyais repartir légères et soulagées, sans percevoir ce qu'elle leur avait apporté. Elles lui laissaient juste des vivres en échange.

Ma grand-mère me prenait comme j'étais, tout simplement. Cela me suffisait et, bien que les règles fussent très strictes, je passais des moments merveilleux dans cette cahute abandonnée. Elle m'appelait son Merlin, j'étais aimé pour ce que j'étais et je trouvais cela magique. Elle ressemblait à la description que me faisait mon grand-père lorsqu'il me parlait des anges dans ses livres.

Mon grand-père, lui, était un sage. Il avait une pièce rien qu'à lui, dans laquelle il avait entassé une quantité astronomique de livres. C'était le seul endroit où il m'avait été donné la possibilité d'en voir, ces ouvrages étaient très vieux et très abîmés. Il conservait les plus précieux dans des cachettes secrètes de sa bibliothèque qu'il avait lui-même conçue. Il était aussi menuisier et avait fabriqué des meubles avec des pièces de bois qu'il avait récupérées.

J'adorais passer des journées dans cette pièce avec lui, à lire et à écouter ses histoires, ses contes et ses légendes. Il disait que la vérité se trouvait à mi-chemin entre ces livres et mon cœur. Il avait trouvé en moi un disciple consentant ; je buvais ses paroles et m'appliquais à suivre ses préceptes du mieux que je le pouvais. Il m'enseignait des principes de vie transgressifs que je tentais d'appliquer dans ma vie en dehors de son bureau, véritable refuge au milieu d'un monde que je ne comprenais pas.

Un jour que nous étions tous les deux dans ce refuge, j'engageai la conversation avec lui :

– Grand-père, pourquoi sommes-nous ici ? À quoi servons nous ? D'où venons-nous ?

– Ces réponses, tu les trouveras en toi. Seul celui qui cherche trouve. Tu entres dans un âge où ton système de croyances et de valeurs, bâti depuis ta naissance par tes parents, l'école et la société, se confronte à ton propre système de croyances et de valeurs en formation. Celui-ci ne vient pas de ce qu'on t'a appris ou enseigné, il provient du plus profond de ton être, ce qui fait que tu es toi et pas un autre. En d'autres termes, c'est ta singularité.

– Mais comment puis-je être moi-même et différent des autres si la société nous demande d'être tous identiques, depuis notre conception jusqu'à notre mort ? le questionnai-je.

– Es-tu obligé d'accéder à cette demande ou t'y obliges-tu seul et de ton plein gré ? m'interrogea-t-il en retour avec un sourire malicieux.

Je marquai un temps d'arrêt pour intégrer le sens de sa question.

– Mais si je ne suis pas conforme à ce qu'on attend de moi, je serai rejeté par la société et par mes parents, répondis-je enfin.

– Et ?

– Je marcherai seul dans l'inconnu et le rejet de tous, affirmai-je dans un soupir.

– Et tu as peur de cela ? poursuivit-il.

– Oui.

– C'est donc bien la peur qui t'empêche d'être toi-même. Supprime cette peur et tu ouvriras le champ des possibles. La peur n'est qu'une barrière créée de toutes pièces par nous-mêmes, elle est alimentée par un pouvoir qui ne souhaite pas que chacun pense par et pour soi-même. Mais le pouvoir n'a aucun effet sur un homme libre.

– Mais Papi, je suis petit ! m'exclamai-je face au sérieux de son propos.

– Merlin, il n'y a pas d'âge pour être libre, reprit-il. J'ai confiance en toi, tu trouveras les ressources pour penser par toi-même. À ce moment, tu oublieras même d'avoir peur car tu seras affairé à créer et non plus à reproduire.

– J'aime bien parler avec toi, Papi. J'aimerais tant pouvoir vivre toujours avec vous, la vie est facile, ici !

– Moi aussi, j'aimerais bien, mais tu as des parents et notre maison n'est qu'un refuge. Autre chose, Merlin, grave dans ta mémoire ce que je vais te dire : si un jour nous ne sommes plus là, ta grand-mère et moi, que tout s'est écroulé autour de toi, et que tu n'as *plus d'options à Al Prime*, va voir sous l'arbre mort au fond du jardin, au pied du grand mur.

– Qu'y a-t-il en dessous de l'arbre ? lui demandai-je, plus intrigué que jamais.

À ce moment, il approcha sa bouche de mon oreille et me susurra :

– Un moyen de quitter Al Prime…

Toutes ces discussions continuaient de travailler dans mon subconscient, cela occupait mon esprit quand mon environnement se faisait plus hostile et plus superficiel, à l'école, à la maison ou bien même le soir en m'endormant. L'isolement, le rejet, le bannissement, était-ce ce que je voulais comme mes grands-parents ? Le prix était élevé pour être libre, si je tenais compte du jugement de mes parents, de la qualité de mon bulletin scolaire ou des appréciations contenues dans mon dossier Al Code. Je ne me voyais pas comme un être exceptionnel à même de réaliser de grandes choses, bien au contraire.

J'avais de mauvais commentaires partout car j'étais résistant et réticent à faire ce qu'on me demandait sans en connaître les tenants et les aboutissants. Je voulais savoir pourquoi, comment, dans quel but car cette absence de sens me pesait. Mais dans le même temps, je souhaitais faire partie d'une famille ou d'un groupe pour ne pas rester seul. Cela impliquait de faire semblant de vouloir la même chose que tout le monde, donc d'emprunter le même chemin.

Cette lutte intérieure devrait se poursuivre jusqu'à la disparation complète de la peur d'être moi-même. Mes parents subvenaient à mes besoins primaires : manger, s'habiller et dormir. Les besoins dit secondaires comme penser, aimer et ressentir étaient simplement oubliés. Or, ces derniers prenaient de plus en plus d'importance dans ma vie, au fur et à mesure que j'avançais dans l'âge. Posséder des biens et des enfants ne pouvait me suffire comme but dans la vie, il me fallait autre chose, mais le moment n'était pas arrivé. Je devais grandir encore pour avoir les moyens de mes ambitions, je devais continuer de m'instruire pour comprendre mon environnement et surtout développer ma différence au contact de mes grands-parents.

Mon père et ma mère avait une façon très basique de démontrer combien ils m'aimaient, ils m'achetaient des choses encore et encore, des vêtements, des chaussures, ou d'autres biens matériels. Leur intention de faire plaisir était sincère mais il y avait confusion entre offrir et aimer. Ils projetaient leur amour sur des choses, leur affection sur des cadeaux, ce qui créait un décalage entre nous car ce dont j'avais besoin était une preuve d'amour intangible, un mot doux, un geste d'affection ou une parole bienveillante. Cela, ils ne me l'offraient pas, il était certainement plus aisé et plus facile pour eux de donner leur argent que de donner leur cœur.

Nous étions des étrangers sous le même toit, je connaissais tout d'eux et plus encore. Leur travail prenant tout l'espace, même à l'appartement, je connaissais leurs clients, leurs chefs, leurs problèmes professionnels, mais eux ne connaissaient rien de moi. Pire, ils ne s'intéressaient à rien de ma vie, nos conversations étaient brèves et insipides, mes questions existentielles demeuraient sans réponse.

Bientôt, je grandis et obtins un moyen de locomotion : un Speedster. Le foyer familial ne me permettant pas d'obtenir des réponses, je me tournai alors vers l'extérieur, les sorties, les amis, le monde. Je devais trouver des personnes et des idées en accord avec mon système de valeurs, l'inconnu valant mieux que ma famille, l'inconfort valant mieux que cette sécheresse affective, et le risque étant toujours préférable à la misère sentimentale.

Capable de me déplacer à ma guise, je passais de plus en plus de temps chez mes grands-parents. Tout était différent chez eux et cela résonnait en moi. La douceur de ma grand-mère et la sagesse de mon grand-père me donnaient des raisons d'espérer une vie meilleure. Un jour que nous étions à table en train de manger quelques légumes du jardin qui avaient survécu, j'interpellai ma grand-mère :

– Mamie, c'est quoi l'amour ?

– Où as-tu vu ce mot, mon Merlin ?

– Dans les livres de Papi, ils en parlent partout.

– C'est une parole, un geste ou une intention qu'on donne sans rien attendre en retour, juste pour le plaisir de donner.

– C'est gratuit, alors ? m'émerveillai-je.

– Exactement, c'est d'ailleurs la seule chose gratuite en ce monde.

– Si c'est gratuit, pourquoi n'y en a-t-il nulle part ?

– L'amour vient du cœur de l'homme, de l'intérieur, mais l'homme a jugé plus facile de regarder à l'extérieur car il pense pouvoir maîtriser ce qui se trouve hors de lui. Il a préféré délaisser ce qu'il ressent pour ce qu'il perçoit avec ses cinq sens, par peur de souffrir.

– Est-ce qu'on en a beaucoup, à l'intérieur ?

– Sa quantité est infinie, tu peux en donner autant que tu veux sans jamais prendre le risque d'en manquer. Mieux, plus tu en donnes, plus tu en reçois.

J'étais parfaitement décontenancé par ses propos.

– Je ne comprends pas, Mamie, c'est gratuit et on en est rempli, alors pourquoi je n'en vois pas à l'extérieur de ta maison ?

– L'homme a oublié sa nature profonde, son cœur s'est asséché et l'égoïsme a pris le pas sur l'altruisme, mais détrompe-toi, ce n'est pas parce que l'homme s'est habitué à vivre dans l'obscurité que la lumière n'existe pas. Elle vit dans le cœur de chaque être sur cette planète.

– Mes parents ne m'en donnent pas parce qu'ils ont oublié tout cela ?

– Oui, ils se sont oubliés en reproduisant les schémas et les comportements de leurs parents avant eux. Les êtres humains naissent et grandissent avec des blessures héritées de leurs propres parents et deviennent parents à leur tour avant d'avoir pu soigner ces déséquilibres. Ils les transmettent à leur tour à leurs enfants sans que personne ne brise la chaîne.

– Je dois donc m'extraire de ce cercle, Mamie.

– C'est cela, mon enfant, tu élimineras la peur et la rancœur afin d'aimer et d'être aimé sans restriction.

– Personne ne l'a jamais fait, Mamie, c'est impossible, affirmai-je avec amertume.

– C'est impossible... jusqu'à ce que quelqu'un le fasse, répliqua-t-elle avec un sourire bienveillant.

Avec mes grands-parents, c'était cela : tout était facile, tout était possible. Ma grand-mère était comme un phare dans ma nuit, je faisais de mon mieux afin de m'imprégner de toutes ses paroles, les faire miennes et les faire vivre dans tous les actes de ma vie quotidienne. Ce jour-là, avant de repartir chez mes parents, ils me prirent dans leur bras et m'étreignirent. J'étais entre leurs deux corps, je regardais leurs yeux brillants de lumière, leur expression était différente, plus intense et plus profonde, plus grave, aussi. Je n'arrivais pas à déceler cette émotion diffuse, mais ce que je ressentais m'était inconnu.

Tout en me serrant contre lui, mon grand-père me demanda :

– Tu sens, Merlin ?

– Oui, qu'est-ce que c'est ?

– C'est l'AMOUR qu'on te porte, Merlin. Ressens-le, grave-le dans ton esprit et dans ton corps, jamais il ne te quittera. Il est immortel, il restera au fond de ton cœur, il vit en toi.

À ces mots graves, en m'embrassant sur le front et en continuant de me serrer contre elle, ma grand-mère ajouta :

– Merlin, mon Merlin, tu es un guerrier de l'amour, tu es notre amour.

Sur ces mots, et gardant la sensation agréable de cet instant, je repris le chemin de l'appartement de mes parents.

Ce soir-là, en rentrant, je n'étais pas beaucoup plus instruit mais je savais ce que je voulais pour le reste de ma vie : ressentir cette sensation douce et enveloppante vécue entre les bras de mes grands-parents.

Le lendemain matin, tandis que j'émergeais d'un sommeil agité et fatigant, j'entendis un bruit à ma fenêtre, quelque chose tapait sans discontinuer contre ma vitre. Nous habitions au deux cent vingt-deuxième étage et je ne voyais pas qui ou quoi pouvait rester dehors à cette hauteur. Je vis un oiseau noir que je reconnus comme étant un corbeau, mon grand-père me l'avait appris.

En le voyant, je ressentis l'envie irrépressible de les voir avant d'aller au lycée, même si je devais arriver en retard à ma formation. Je voulais les retrouver, ils avaient allumé en moi quelque chose de fantastique et je voulais en savoir plus. Je ressentais une force sans pareille au niveau de mon plexus et je ne pouvais pas contenir mon bonheur de vivre.

À mon arrivée chez eux, il y avait une quantité impressionnante de soldats et de policiers stationnés sur le terrain vague. On ne pouvait plus accéder à leur cahute en bois. Tentant de me frayer un chemin, un policier me stoppa net et m'interpella :

– Qui êtes-vous ? Identifiez-vous.

– Bonjour, je suis Merlin, le petit-fils des personnes qui habitent ici. Puis-je passer, s'il vous plaît ?

– Vos grands-parents ne sont plus là, on les a embarqués hier soir, circulez…

Mon cœur fit un bond dans ma poitrine.

– Embarqués ? Embarqués où ? Qu'est-ce qu'ils ont fait ? Vous ne leur avez pas fait de mal ?

– Attendez ici, je vais chercher l'officier responsable, il va tout vous expliquer.

Tandis que j'attendais là, dans la boue, sur ce terrain vague, j'observais des soldats vêtus de noir et cagoulés s'affairer autour de la maison. Ils disposaient d'engins dont je ne connaissais pas l'utilité. Le reste des policiers s'écartait peu à peu de la cabane et du terrain comme pour faire place nette. Les questions se bousculaient dans ma tête et mon inquiétude grandissait, qui étaient tous ces hommes ? Que voulaient-ils à deux personnes âgées habitant un logement de fortune sur un terrain vague, loin de tout ?

Un officier habillé différemment des autres s'approcha, il portait une veste rouge. Le soldat qui m'avait parlé me désigna du doigt et l'autre acquiesça. Il s'approcha de moi, son visage était impassible et sa voix monocorde.

– Vous êtes le petit-fils ?

– Oui, où sont mes grands-parents ? m'écriai-je, dépassé.

– Nos capteurs ont détecté un signal ici même, hier soir. Ce signal correspondait à un sentiment interdit par le AI Code. Selon l'Article Cinq de ce Code : « Toute manifestation de ce sentiment est passible de l'effacement et de la destruction de tous les biens appartenant aux contrevenants. » Vos grands-parents ont donc été emmenés au centre d'effacement et leurs biens sont en cours de destruction. Maintenant, sortez du périmètre de sécurité.

Sur ces mots, je vis la cahute de mes grands-parents s'enflammer sous mes yeux. La douleur inconnue que je ressentais était telle qu'il me semblait que mon coeur se trouvait au milieu de ce brasier.

5

LA CITÉ PERDUE

Sans peur et sans reproche, je vogue vers mon destin

J'ai avec moi la terre, l'eau, l'air et le feu

Sous l'eau, dans le tumulte du courant, je retenais mon souffle, mes mains tétanisées tenant la dernière corde du pont. J'attendais que la nature m'emporte avec elle : l'eau saumâtre s'infiltrait partout, par le nez, la bouche, les oreilles, ne restaient que mes dix doigts entre la vie et la mort. Tout à coup, je sentis que la corde bougeait et mon corps avec. Iduski tirait de toutes ses forces pour m'extirper des rapides et, bientôt, ma tête sortit peu à peu des eaux en colère.

– Tiens bon, Homme Oiseau, tu as fait le plus dur en agrippant la corde, je vais te sortir de là ! me cria Iduski.

Quand Iduski réussit à me hisser sur le bord, nous étions exténués mais soulagés. Viracotcha nous faisait signe de l'autre côté en nous montrant le ciel et, en effet, en l'espace de quelques secondes, la pluie battante avait fait place à un soleil brûlant. Iduski le regarda d'un air entendu et le salua de toutes sa rangée de ses dents. J'eus juste le temps de me relever pour lui faire signe qu'il avait déjà disparu dans le vert infini de la jungle.

– Ne t'inquiète pas, Homme Oiseau, son corps est parti mais son esprit nous accompagne et nous protège, me rassura Iduski.

– Où allons-nous ?

– Nous allons au cœur de la forêt, dans la Cité Perdue. C'était autrefois une cité habitée par nos ancêtres, il existe un temple sacré dans lequel se trouve un autel. Dans ses visions, Viracotcha t'a vu allongé sur cet autel, il m'a dit que ton esprit était bloqué, limité et perturbé et ses pouvoirs de shaman sont inefficaces sur cette magie. Tu dois effectuer une transe dans ce lieu, comme dans sa vision, afin de poursuivre ta quête en trouvant le moyen de libérer ton esprit. Une fois libéré, tu pourras te rappeler qui tu étais et comment tu es venu à nous. Tu trouveras les réponses à toutes tes questions.

J'étais impressionné par ses propos et, dans le même temps, assez effrayé.

– C'est loin ?

– Loin, non, mais long, oui car il nous faudra encore deux bonnes journées. Regarde, c'est tout là-haut.

Tout en me parlant, Iduski me montrait du regard un pic rocheux qui devait faire huit cent mètres de haut. Il ne se trouvait pas loin, mais la jungle paraissait épaisse pour y arriver et, ensuite, la pente était abrupte pour réussir à gagner le sommet caché par des nuages.

– Ne perdons pas de temps, Homme Oiseau, je connais un refuge au pied du mont sacré mais nous devons y arriver avant la nuit.

Sans prendre le temps de réaliser que je venais une fois de plus de frôler la mort, nous nous enfonçâmes dans le mur vert comme si le temps et la vie était comptés. Iduski fendait la jungle à l'aide de sa machette et je le suivais de mon mieux. Notre progression était pénible, à la différence du territoire de l'autre côté du fleuve, ici le sentier avait complètement disparu faute d'être entretenu régulièrement. Si on souhaitait progresser, il fallait dessiner le chemin soi-même. Au bout d'un certain temps, Iduski s'arrêta, épuisé, et me dit :

– Nous allons passer la nuit ici, nous ne pourrons pas atteindre la montagne sacrée avant la nuit. À vrai dire, je ne sais même pas si on pourra l'atteindre, la jungle est dense et ma machette est bien dérisoire. Il va sans doute nous falloir des jours pour y arriver et, dans ces conditions, cela me paraît difficile.

– Mais Iduski, on ne peut pas rester ici, cette nuit, il n'y a pas d'abri et les prédateurs sont partout.

– Cela doit se passer ainsi, plus vite tu l'accepteras, plus vite tu trouveras les ressources pour t'adapter. Nous réalisons quelque chose qui nous dépasse, il t'a été donné un grand pouvoir et il te faut l'incarner entièrement.

– Iduski, je n'ai le pouvoir de rien. La seule chose en laquelle je crois, c'est en toi. Si tu me dis que nous devons rester ici, je te suivrai, la seule responsabilité que j'ai est de survivre et de retrouver qui je suis.

Iduski dégagea une zone juste assez large pour faire un feu et s'allonger autour. Il fabriqua deux paillasses à l'aide de grandes feuilles pour ne pas subir l'humidité du sol. Nous avions quelques fruits et du poisson séché en guise de repas. Je m'endormais de fatigue quand il me réveilla en chuchotant :

– Homme Oiseau, réveille-toi, réveille-toi !

– I... Iduski ? balbutiai-je, dans les vapes.

– J'ai entendu du bruit plus loin, je ne sais pas ce que c'est mais c'est très gros et cela vient vers nous.

Je me redressai d'un bond.

– Que fait-on ? le questionnai-je, en alerte.

– Pour l'instant, on ne bouge pas et on ne fait surtout pas de bruit.

– Qu'est-ce que c'est ?

– J'ai une idée mais ce n'est pas possible...

À ces mots, dans la nuit éclairée de notre petit feu, le sol se mit à trembler tandis qu'on entendait les branches craquer une cinquantaine de mètres plus loin. Il me semblait que le sol s'ouvrait sous nos pieds. Iduski lança une corde pour l'accrocher à une branche au-dessus de nous, et il s'écria :

– Grimpe, Homme Oiseau, grimpe vite !

– Ils se rapprochent, Iduski ! paniquai-je.

– Ne regarde surtout pas en bas, grimpe !

Dans la pénombre de la forêt, nous avions à peine atteint la branche que la cause de notre angoisse apparut : une horde d'éléphants lancés à pleine vitesse fonçait dans notre direction. Ils piétinaient tout sur leur passage, barrissant et gesticulant de leurs trompes… Leurs défenses étaient énormes et ils nous cherchaient du regard. Iduski hurla :

– Grimpe sur l'arbre, plus haut, vite !

– Pourquoi ? Ils ne peuvent pas nous atteindre !

– Grimpe, Homme Oiseau, ou tu mourras !

Je me mis à escalader péniblement le tronc de l'arbre. C'était glissant, il n'y avait aucune prise fiable et on ne voyait rien. Iduski, lui, était déjà très haut au-dessus de moi quand je compris pourquoi : les éléphants tentaient de m'attraper avec leurs trompes, ils se mettaient sur leur pattes arrières et les étendaient au maximum, ce qui leur permettait d'atteindre une hauteur vertigineuse.

J'arrivais presque à la hauteur d'Iduski quand je vis une trompe frôler ma jambe, heureusement sans l'attraper. Mon cœur palpita et je pus enfin regarder en bas, la horde était tout autour de l'arbre. Il y avait une quinzaine d'éléphants et ils étaient tous très excités, tournant, arrachant tout ce qu'il y avait sur leur passage. Je regardai Iduski, l'air soulagé, quand je le vis s'agripper de toutes ses forces à l'arbre de ses bras et de ses jambes.

– Qu'est-ce que tu fais ? Ils ne vont quand même pas grimper, maintenant ?

– Regarde, il y a quatre petits éléphanteaux là-bas et nous sommes une menace pour eux. Les hommes les ont beaucoup chassés et nous pensions qu'il n'y en avait plus, mais ces animaux ont une mémoire fantastique et, pour eux, nous ne sommes pas différents de ceux qui les ont décimés. Ils veulent nous tuer pour protéger leur progéniture.

– Oui, mais nous ne risquons rien à cette altitu…

Je n'eus pas même le temps d'achever ma phrase qu'une secousse me fit violemment vaciller sur l'arbre. Un éléphant, le plus gros de tous, commençait à donner des coups de boutoir contre le tronc. Sa puissance était phénoménale et, sans plus attendre, j'imitai Iduski et m'accrochai de toutes mes forces au tronc.

– Grimpe encore, le plus haut possible...! m'ordonna-t-il.

Nous arrivâmes bientôt en dessous de la canopée, à une vingtaine de mètres du sol, quand les secousses se firent plus fortes. En effet, les éléphants s'étaient organisés pour pousser l'arbre à plusieurs et celui-ci commençait à balancer dangereusement. Ils étaient en furie et on pouvait ressentir de là-haut toute la colère qu'ils éprouvaient pour notre espèce. Maintenant, c'était certain, ils allaient déraciner cet arbre énorme, ce n'était qu'une question de temps. Nous allions chuter depuis cette hauteur, dans l'obscurité, avec pour seule lumière celle de la lune. Iduski me donna ses dernières consignes :

– Quand l'arbre va tomber, garde les yeux bien ouverts et accroche-toi à ce que tu pourras en tombant, cela amortira ta chute. Une fois en bas, fais silence pour ne pas qu'ils viennent te piétiner.

Ses mots n'avaient rien pour me rassurer, j'étais tétanisé. L'arbre tanguait de plus en plus et on l'entendait craquer. Mon souffle était court et l'attente était interminable. À chaque mouvement plus ample de balancier, nous pensions tomber mais l'arbre repartait de l'autre côté… plus fragile à chaque fois. J'étais pétrifié car je visualisais en avance la chute qu'on ne manquerait pas de subir. Au milieu de ce tumulte, Iduski me jeta un regard complice et rassurant et c'est à ce moment précis que l'arbre céda, nous précipitant dans le vide.

Je fis comme Iduski m'avait dit, je me retins comme un beau diable à tout ce que mes mains pouvaient rencontrer, pour finalement tomber, rouler et terminer ma folle chute dans la boue. J'étais sain et sauf, tremblant, mais en vie. Il me semblait que je n'étais pas blessé, je restai alors immobile et tendis l'oreille, le silence qui régnait contrastait avec le vacarme des minutes précédentes.

Je tentai de voir si Iduski était tombé à côté de moi, s'il était en bonne santé, mais je me trouvais moi-même dans la boue, enveloppé de plantes et de fleurs. Ma visibilité était nulle, un éléphant pouvait se trouver à un mètre de moi, je ne l'aurais pas vu. À travers les plantes, j'entendis Iduski susurrer :

– Homme Oiseau, tu es là ?

– Oui, je suis là… Je vais bien, et toi ? lui répondis-je d'une voix encore plus basse.

– Oui ça va, je n'ai rien, les éléphants sont partis, ils nous ont abandonnés à notre sort.

– On ne risque plus rien, alors ?

– Tant qu'ils ne remarquent pas que nous sommes toujours sur leur territoire, conclut-il.

Nous regagnâmes aussitôt la clairière formée par les pachydermes autour de l'arbre arraché, ils avaient écrasé toute la végétation et labouré la terre. Nous nous blottîmes l'un contre l'autre pour le reste de la nuit afin de nous tenir chaud et aussi pour nous rassurer, sans feu, et à la merci des prédateurs. Nous ne parvînmes pas à dormir, veillant et tremblant jusqu'à l'aube.

C'est quand les abords de la clairière se firent plus nets, avec le soleil qui se levait, que je compris les mots du shaman à propos de « l'apprentissage des choses derrière les choses ». Lors de la charge des éléphants, le danger avait été réel, la peur présente et le risque important. Dans cette perspective, nous avions vécu ces moments comme négatifs et mauvais.

Mais en levant les yeux, je vis un chemin formé par le déplacement des éléphants, allant de l'arbre jusqu'au pic rocheux. Ce qui nous avait paru comme dangereux était en fait nécessaire à notre progression : c'était une expérience pénible mais bénéfique.

Après nous être assurés que nous étions bien seuls, nous nous mîmes en marche vers la montagne sacrée qui était maintenant facile d'accès. Il y avait bien quelques complications en route mais rien en comparaison des quelques dizaines de mètres que nous avions parcourus la veille dans la plus grande difficulté. Notre progression était rapide et, quand le soleil fut au zénith, nous étions au pied du pic rocheux, prêts à entamer la montée vers la Cité Perdue.

– Homme Oiseau, maintenant, le plus dur reste à faire, m'avertit Iduski.

– Parce que jusqu'ici, cela a été relativement facile ! lui répondis-je en m'étranglant.

– Sache que nos ancêtres ont construit ce temple il y a très longtemps. Pour y accéder, ils ont taillé dans la roche deux mille deux cent vingt-deux marches qui serpentent tout autour de la montagne. C'est très dangereux, les marches sont étroites et usées par le temps, il faudra monter en t'agrippant à la paroi pour assurer ton équilibre. Viracotcha dit que le temple choisit ses hôtes, celui qui n'est pas digne d'y entrer n'arrive jamais en haut.

– Tu m'as bien dit qu'il avait eu une vision de moi dans ce temple ? Si tel est le cas, je ne dois pas m'inquiéter.

– Rien n'est figé dans la roche, Homme Oiseau, nous créons nous-mêmes notre réalité. Notre chemin de vie dépend de nous : nous faisons des choix qui conditionnent ce que nous vivons à chaque instant de notre existence... Allez, suis-moi ! ajouta-t-il de son plus beau sourire.

Je découvris que le sentier était tel qu'il me l'avait décrit, ardu et étroit. Cette montagne minérale plantée au milieu de tout ce végétal me laissait penser que cet endroit était aussi spécial qu'Iduski le prétendait. Tandis que nous nous élevions progressivement au-dessus de la forêt, gravissant les marches l'une après l'autre, je pus distinguer au loin la troupe d'éléphants. Leur localisation était simple tant ils écrasaient tout sur leur passage, c'était les rois de la forêt.

De temps en temps, nous profitions de l'ombre pour faire une pause et boire un peu, l'ascension était rude, mais le panorama qui peu à peu s'offrait à nous était fantastique, du vert, que du vert, et par endroits un fleuve serpentant à travers cette nature luxuriante.

En admirant ce paysage, je ne pouvais m'empêcher de me demander quelle force, quelle magie ou quel hasard m'avait fait arriver ici et tomber au sein du territoire Awas. J'aurais pu atterrir ailleurs et personne ne m'aurait jamais retrouvé. Il y avait bien une raison à ce que je sois ici, en bonne santé, avec mon ami Iduski. C'était la même raison qui ferait que j'atteindrais le sommet de cette montagne, je n'en doutais pas.

La dernière partie de la montée s'effectua dans les nuages et la pénombre, il devait nous rester une heure de luminosité naturelle quand nous arrivâmes en haut de l'escalier. Je suivis Iduski sur un petit chemin qui menait à une petite cabane de pierre, il y alluma un feu, et j'eus juste le temps de ramasser assez de bois pour la nuit quand l'obscurité se fit totale.

– Je te souhaite la bienvenue dans la Cité Perdue, Homme Oiseau. Elle nous accueille et nous offre sa protection, il ne peut rien nous arriver de mal ici. C'est une terre sacrée, il n'y a pas de prédateurs, pas de serpents et les éléphants ne sont pas assez agiles pour venir jusqu'ici ! Tu peux dormir en paix.

– Merci Iduski, merci de m'accueillir dans cette cité, c'est un honneur et je saurai en être digne.

Je m'endormis à côté du feu, en essayant de remettre les évènements à l'endroit afin de prendre du recul, mais la fatigue fut la plus forte. J'eus à peine le temps de m'allonger que le sommeil m'envahit.

J'ouvris les yeux avec les rayons du soleil qui cognaient sur mes paupières. Iduski, lui, était déjà réveillé, il préparait une décoction de plantes qu'il avait emportées dans une petite poche. Il les broyait minutieusement avec un pilon dans un bol en bois sculpté. Il me salua :

– Bonjour, Homme Oiseau, bien reposé ?

– Iduski, je préfère les hamacs de ton village, mais le sentiment de sécurité de cet endroit m'a reposé comme jamais.

– Bien, j'en suis heureux. Aujourd'hui est une belle journée pour te faire découvrir cette cité et trouver des réponses.

Il termina de préparer le breuvage et déposa le bol près des braises. Il était heureux et fier de me faire partager son univers. Quant à moi, j'ignorais de quoi cette journée serait faite, mais je croyais en lui et en Viracotcha. Leur affection pour moi était sincère et désintéressée, ils souhaitaient vraiment m'aider dans ma quête.

Il m'invita à le suivre, et nous sortîmes de la petite maison de pierre. Il m'expliqua que cette habitation servait de point d'entrée de la cité. En effet, elle se trouvait au bord de l'aplomb rocheux, à deux pas des dernières marches de cet escalier interminable. Les arrivants se présentaient avant de pénétrer dans ce lieu sacré. Plus loin, un corridor très étroit, niché entre deux falaises, menait au reste de l'édifice.

Je vis, en progressant le long des murs, des personnages sculptés dans la roche, tous plus mystérieux les uns que les autres. On aurait dit qu'ils me regardaient tant ils étaient réalistes. Au bout de cet étroit passage, se trouvait le cœur de la cité avec, en son centre, le temple. L'horizon se dégagea peu à peu et la lumière se fit aveuglante. Pendant quelques secondes, je ne vis rien d'autre que du jaune, mes yeux étaient saturés. Je restai ainsi immobile quelques instants, mes yeux tentant de s'adapter à tout cet éclat. À ce moment, Iduski se fit grave :

– Ce que tu vas voir maintenant, tu dois le garder pour toi. Cet endroit existe depuis des milliers d'années, il doit rester perdu et oublié des êtres humains. Personne ne doit savoir où il se trouve ni ce qu'il contient, sa valeur spirituelle est infinie.

Sur ces mots, je découvris l'ensemble du panorama : la cité s'offrait à nous en contrebas d'une une plateforme rocheuse et, au loin, s'étalait, à perte de vue, le vert infini de la jungle. Je restai muet devant tant de beauté et de majesté, la cité entière était en or, elle brillait de mille feux avec les rayons du soleil levant... Mes yeux, même accoutumés, peinaient à distinguer tous les détails de ce lieu mystique.

L'organisation du temple était limpide, au centre se trouvait l'édifice le plus important, une pyramide de cinquante mètres de haut avec un escalier central et une entrée unique a sommet. Tout autour, disposées en cercle, se trouvaient onze constructions carrées, l'ensemble dégageant une harmonie évidente et une énergie inconnue. Je me tournai vers Iduski :

– C'est fantastique Iduski, quelqu'un habite ici ?

– Non, c'est abandonné depuis longtemps et on sait peu de choses sur les bâtisseurs qui ont conçu cet ensemble. Notre peuple descend de cette civilisation mais la connaissance dont ils disposaient s'est peu à peu perdue dans le temps, ils se sont éteints brusquement et leur culture avec eux.

– Ils devaient être érudits, évolués et très instruits…

– Oui, leur savoir était très important, on ne sait pas où ils ont trouvé toute cette quantité d'or, car s'il existe quelques mines ici, elles sont minimes, et la façon dont ils l'ont utilisé reste une énigme.

– Comment savez-vous pour le temple et l'autel qu'il contient ?

– Viracotcha vient ici de temps en temps. Ensuite, il t'a vu dans ses visions, c'est tout.

La lumière irradiait de plus en plus la place, au fur et à mesure que le soleil montait dans le ciel. Il devenait difficile de garder les yeux ouverts, même le sol était pavé d'or. Je me demandais comment une cité, abandonnée depuis si longtemps, pouvait garder une telle virginité. Toutes les surfaces étincelantes avaient été préservées du vent et de la pluie, pas un animal ou une plante ne se trouvait dans cet endroit. Il était resté hors du temps et de l'espace, tout n'étant que lumière et brillance. Iduski commença à descendre le petit escalier qui menait à l'allée centrale, deux immenses créatures en or marquaient l'entrée de cet endroit à la clarté éblouissante. Il me fit signe.

– Allez viens, Homme Oiseau, ne tardons pas. D'ici quelques minutes, on ne pourra plus accéder au temple qui se trouve dans la pyramide, la lumière sera si forte que nous ne pourrons plus nous orienter.

– Je te suis, Iduski.

En progressant sur cette voie pavée d'or, le cours des évènements prenait sens. Tout ce que j'avais vécu depuis les crocodiles n'avait eu lieu que dans un un seul but, me mener ici, dans ce décor somptueux où des hommes avaient construit quelque chose qui les dépassait. Il n'y avait pas de hasard à la succession des épreuves et des péripéties, je devais venir ici, je devais retrouver ma voie. La force qui me guidait depuis le départ allait bientôt révéler son nom, se dévoiler et illuminer ma vie comme cette cité illuminait cette forêt.

Nous arrivâmes au pied de l'escalier de la pyramide, elle était encore plus impressionnante de près. La distance depuis le promontoire écrasait sa taille et je me sentais tout petit en bas de cette immense flèche tournée vers le soleil. Iduski me dit :

– Laisse tout ce que tu es ici, tout ce que tu connais, oublie-toi, centre-toi sur l'instant. L'énergie de cette pyramide est très puissante et déstabilisante, elle révèle l'homme à sa vraie nature et cela peut être perturbant. En haut des deux cent vingt-deux marches ; tu auras certainement l'envie de redescendre pour abréger cette sensation. C'est normal, ton corps doit s'habituer aux vibrations du temple.

En montant les marches, je fus pris d'un mal que je n'avais pas ressenti depuis des jours et que j'avais oublié. Cette douleur sourde au milieu de ma tête revenait encore plus fortement que les premières fois et je dus m'asseoir à mi-pente pour ne pas tomber de douleur. La perception que j'en avais était différente, j'avais mal au centre de la tête, mais aussi à l'arrière du crâne, au niveau de cette pastille étrangère fixée sous ma peau. Elle me brûlait la chair et, plus nous arrivions près du sommet, plus la chaleur irradiait. J'en fis part à Iduski :

– J'ai mal dans et derrière la tête, je ne sais pas ce que c'est, je suis inquiet.

– Je n'ai pas de réponse à t'apporter, Homme Oiseau, mais ce que je sais, c'est qu'après la transe sur l'autel, quand tu auras redescendu cet escalier, tu sauras quoi faire pour mettre fin à ce mal. Fais-moi confiance et garde bien cela en mémoire, cela te donnera de l'espoir. Entrons maintenant, nos yeux ne pourront plus supporter la lumière bien longtemps.

En entrant, je ne pus voir quoi que ce soit tant l'obscurité intérieure contrastait avec la luminosité extérieure. Puis, peu à peu, je pus distinguer l'autel dont m'avait parlé Iduski : il était en or, comme tout le reste, et sa base était constituée d'un seul pied en forme de tronc d'arbre. On aurait dit un véritable tronc qui aurait été transformé en or tant les détails étaient harmonieux, comme seule la nature peut le faire. Sans attendre, Iduski me tendit le bol de bois pour que j'en boive le contenu.

– Bois d'un trait, ce n'est pas bon, mais le goût n'est pas important. Cette boisson aidera ton corps à supporter l'énergie dégagée par cet endroit. Maintenant, allonge-toi et ferme les yeux. Je veille sur toi, il ne t'arrivera rien de mal en ma présence. Suis ma voix, elle te guidera.

– D'accord Iduski, lui répondis-je confiant.

Je m'étendis sur l'autel et fermai les yeux doucement, la douleur lancinante dans ma tête devenait insupportable, la chaleur de la pastille brûlait l'arrière de mon crâne, je sentis ma tête tourner et mes repères disparaître quand la douleur cessa d'un coup. Une sensation de bien-être m'envahit et je me trouvai bientôt comme enveloppé de coton sans pouvoir bouger mes membres, j'étais bien. J'entendis la voix d'Iduski au loin :

– Homme Oiseau, cherche les réponses. À présent, ton esprit n'est plus limité ni par le temps ni par l'espace, ta mémoire est infinie, tu peux retrouver ton chemin.

Sans que je ne sache pourquoi ni comment, je me retrouvai en haut d'une cascade vertigineuse. Les sensations étaient claires, nettes et légères. J'étais sur un rocher qui surplombait les chutes d'eau et je voyais Iduski au loin. La lumière était magnifique et un aigle tournoyait au-dessus de moi. L'instant d'après, je me retrouvai au-dessus d'un mur tellement haut que je ne pouvais voir le sol, le ciel était sombre, l'atmosphère était lourde et des édifices touchant le ciel s'étendaient à perte de vue dans une brume grise.

Après ces deux visions fugaces, je réintégrai mon corps avec mes maux de tête. Quand j'ouvris les yeux, Iduski était là, à côté de moi, le regard bienveillant.

– Comment te sens-tu ?

– Bien, c'était très bref mais très intense. J'ai eu des visions pendant quelques secondes avant de reprendre connaissance.

– Tu es resté toute la journée endormi, Homme Oiseau, ce qui t'a semblé quelques secondes a duré la journée entière.

Je lui décrivis mes deux visions avec le plus de précisions possibles, il me fit signe de le suivre jusqu'au seuil de la porte. Là, le soleil déclinait en face de nous et la luminosité nous permettait d'avoir une vue d'ensemble du panorama. La cité s'étendait devant nous avec ses édifices. Plus loin, la jungle verte à perte de vue et, au loin, l'horizon.

– Tu vois l'horizon ? me demanda Iduski.

– Oui.

– Ne remarques-tu rien ?

– Il est très épais, il y a quelque chose mais je ne sais pas ce que c'est, répondis-je, confus.

– C'est un mur, Homme Oiseau, un mur d'une hauteur vertigineuse. Nous l'appelons « le mur qui touche le ciel », il est tellement haut qu'il nous vole du soleil, c'est ce mur que tu as vu dans ta vision, c'est là que tu dois te rendre pour réaliser ce que tu as à accomplir.

– Mais qui a construit ce mur ? Qu'y a-t-il derrière ?

– Nous ne savons pas qui l'a construit, il est là depuis aussi longtemps que vit mon peuple. Viracotcha dit que derrière se trouve le monde des âmes perdues, tu viens certainement de là-bas.

– Et pourquoi dois-je m'y rendre ?

– La légende de l'homme oiseau dit qu'il viendrait du ciel, repartirait par le ciel, et reviendrait par le fleuve Napo.

– Mais pourquoi ?

– Tu ne l'as pas vu mais notre peuple disparaît peu à peu. Viracotcha dit que l'eau est malade, nous avons pu vivre jusqu'à présent sans nous préoccuper de ce qu'il y a derrière ce mur mais les âmes perdues nous entraîneraient avec elles vers la mort. Nous vivons sur la même planète et nous partageons la même eau.

– Mais moi, que puis-je y faire ?

– La légende dit que l'homme oiseau rendra la vie à notre peuple en guérissant l'eau.

– Comment ? insistai-je, de plus en plus perdu.

– Je ne sais pas, mais ce que je sais, c'est où nous devrons nous rendre demain. Ta première vision correspond clairement à la cascade de Peguche qui se trouve non loin d'ici, mais avant de partir, je voudrais te montrer quelque chose, suis-moi.

Nous redescendîmes de la pyramide pour nous rendre dans l'un des édifices attenants, le plus proche de la falaise. Il était carré comme les autres et ses ornements extérieurs étaient somptueux. Iduski nous fit entrer par une petite porte située sur le côté. Une fois entré, je vis posé sur un autel, au centre de la pièce, une paire d'ailes en or. Elles devaient faire sept mètres d'envergure, leur finesse était extrême et leur épaisseur était celle d'une feuille. Elles étaient attachées à une forme de harnais et portaient des inscriptions gravées.

– Tu connais ce langage, Homme Oiseau ?

– Non, je n'ai pas la moindre idée de sa signification. Mais toi, tu dois le comprendre, ce sont bien tes ancêtres qui ont construit ce temple.

– Non, leur langage a disparu avec eux et j'espérais qu'il te soit familier. C'est le seul objet présent dans la cité, les autres édifices sont vides. Il n'y a pas de symboles ailleurs que sur ces ailes en or, je voulais juste que tu les voies avant de partir.

Nous quittâmes la cité d'or dans le soleil couchant pour nous rendre dans la petite maison de pierre. Les derniers rayons éclaboussaient l'ensemble d'une lumière indescriptible et je contemplais ce spectacle magique de façon à le figer dans ma mémoire.

Nous nous installâmes pour la nuit afin de reprendre des forces mais mes maux de tête ne m'accordaient aucun répit. La douleur était insupportable, des pensées morbides me venaient régulièrement, j'aurais fait l'impossible pour stopper la douleur. Dans ces moments difficiles, Iduski me réconforta et me rassura de toute sa bienveillance, sa présence était vitale.

L'aurore arriva et nous nous mîmes en route pour la cascade sacrée de Peguche. La descente de l'escalier fut plus rapide que la montée, le temps était clément, il ne pleuvait pas et les marches étaient sèches.

J'avais hâte d'y arriver au plus vite, le temps s'accélérait, je pressentais une urgence, la force qui me guidait devenait incontrôlable. J'aurais sauté dans le vide pour arriver plus rapidement en bas, je ne savais pourquoi mais le temps était compté, il fallait faire vite.

Une fois en bas, Iduski s'arrêta un moment pour s'assurer que les éléphants étaient loin, les traces de leur passage étaient encore présentes, nous empruntâmes une direction différente :

– C'est un peu plus long pour regagner le village, mais la cascade se trouve par ici, me dit Iduski.

– C'est loin ? lui demandai-je.

– Nous y serons dans l'après-midi, la forêt est moins dense par ici, le chemin est plus dégagé.

Iduski avait raison, le chemin était praticable dans cette partie de la forêt et quelques heures suffirent à l'atteindre sans encombre. On avait pu entendre le bruit qu'elle produisait bien avant de voir la cascade, le fleuve qu'on avait traversé deux jours plus tôt se jetait furieusement cent mètres plus bas dans un fracas terrible, et toute cette puissance dégagée faisait vibrer l'air dans une atmosphère suffocante. Iduski pointa son doigt dans une direction.

– Tu vois l'endroit où l'eau se jette dans le vide ?

– Oui, Iduski, je vois.

– Il y a plusieurs rochers reliés entre eux par des cordes, c'est là qu'on va traverser. C'est le seul endroit pour franchir le fleuve et atteindre le village où Viracotcha doit nous attendre, allons-y.

– J'ai un mauvais souvenir des ponts de cordes, lui dis-je, inquiet.

– Je sais, mon ami, mais dans la vision que tu as eue, tu te trouvais sur un de ces rochers qui permettent de traverser le fleuve, la vision doit être accomplie pour que les réponses apparaissent.

J'acquiesçai douloureusement pour lui signifier combien cela me coûtait et en même temps combien j'avais confiance en lui. Iduski traversa le premier pour me montrer que c'était possible et, surtout, comment il fallait procéder. Il s'agissait de passer de rocher en rocher en s'aidant des cordes solidement amarrées et en faisant abstraction de la chute d'eau vertigineuse se trouvant sous nos pieds. Cela paraissait facile en le voyant faire, ainsi, je m'élançai sans trop repenser à ma mésaventure précédente. Iduski m'avait bien dit de ne pas regarder en bas, cela pouvait brouiller mon équilibre et me faire tomber, ce que je m'appliquais à faire.

Une fois arrivé à mi-chemin, je m'arrêtai pour faire une pause sur le plus gros rocher, il était comme posé sur la cascade et la partie visible se trouvait au-dessus du vide. Tout en tenant fermement la corde, je voulus quand même regarder vers le bas pour voir toute cette masse d'eau noire tomber brutalement en contrebas. Je restai saisi devant tant de puissance, puis je relevai la tête et entrepris de continuer, quand j'entendis Iduski hurler au loin en me montrant le ciel :

– Attention ! Attention !

Je relevai la tête en cherchant du regard l'objet de sa peur mais je ne voyais que le soleil et le ciel bleu. Iduski continuait pourtant de crier en gesticulant vers moi et ce n'est qu'au dernier moment que je vis le danger : un aigle immense fondait sur moi, se confondant avec le soleil pour se dissimuler à mon regard. J'eus à peine le temps de placer mes mains en protection qu'il me heurta de toute sa vitesse et de tout son poids avec ses griffes, non pour me blesser mais pour me pousser, ce qu'il réussit à faire.

Sans avoir le temps de réagir, j'avais perdu l'équilibre. Le temps de jeter un dernier regard à Iduski, je tombai dans le vide de la cascade.

6

RETOUR AU MONDE DES ÂMES PERDUES

Depuis la nuit des temps, tu es mon essentiel

Mon cœur s'est fait soleil au contact de ta main

En tombant, l'arrière de mon crâne heurta violemment un rocher qui dépassait de la chute d'eau, précisément à l'endroit où se trouvait la capsule fixée à l'arrière de ma tête. J'entendis un craquement mais demeurai conscient au moment de toucher la surface à pleine vitesse. Le choc fut violent, l'eau était froide et, en un instant, je me retrouvai ballotté au fond du fleuve dans des courants puissants. J'étais blessé, sonné et je ne parvenais pas à m'extraire des forces qui m'entraînaient vers le fond.

Ne sachant pas où se trouvaient le haut et le bas, il m'était impossible de sortir du tourbillon d'eau, je retenais ma respiration autant que possible mais mes poumons allaient inévitablement se remplir d'eau. Je restai donc là, au fond du fleuve, immobile. Quand j'ouvris les yeux, Iduski était là et Viracotcha aussi ; il terminait de m'appliquer avec beaucoup de soin une pâte odorante derrière la tête. J'étais allongé sur un lit de feuilles dans une cabane, j'allais me redresser quand Iduski m'arrêta calmement de sa main :

– Reste allongé, Homme Oiseau, tu as heurté un rocher en tombant. Un Awas t'a vu chuter et rester au fond de l'eau, il a plongé pour te sauver et te ramener à la surface. Ensuite, nous t'avons porté jusqu'ici et te voilà parmi nous.

– Iduski, je me souviens ! Viracotcha, je me souviens ! m'écriai-je, excité.

Viracotcha intervint :

– C'est bien que tu te souviennes, car tu es ouvert à l'arrière du crâne, tu aurais pu perdre la mémoire définitivement, perdre la tête ou même perdre la vie. Nous t'avons soigné du mieux que nous avons pu, ainsi j'ai dû enlever une pièce de fer ronde qui était fixée à l'os de ton crâne, sous ta peau. Tu as perdu beaucoup de sang lors de l'opération mais tu vas guérir.

– Non, je me souviens de tout ! De tout, de ma vie avant mon arrivée sur votre territoire, de mon enfance, comment je suis arrivé là et pourquoi. De plus, mon mal de tête horrible a disparu comme par magie. Tu avais raison pour tes visions, je sais ce que je dois faire maintenant, je n'ai pas de temps à perdre, il faut que je me mette en route.

À ces mots, je voulus me redresser mais la douleur qui me lançait derrière la tête me fit me rallonger aussitôt. Je n'étais pas encore apte à accomplir ce que je devais faire : retrouver mon amour et l'enfant qu'elle portait. Viracotcha me dit d'un ton grave :

– Nous sommes très heureux pour toi mais tu dois rester ici le temps que ta plaie se referme, elle est très profonde. Ensuite, tu pourras t'en aller où tu veux. Maintenant, dis-nous de quoi tu te souviens, cela nous intéresse.

Je pris une grande inspiration avant de me lancer.

– Je tiens d'abord à vous remercier de tout ce que vous avez accompli pour moi, j'étais un inconnu, un étranger pour vous, et vous m'avez traité en frère, en ami. Vous avez risqué votre vie pour moi, je vous en serai éternellement reconnaissant. Vous m'avez permis de retrouver ma vie et ma raison de vivre, mon amour Zia. Je sais maintenant d'où me vient la force qui m'accompagne depuis que je suis tombé au-dessus des crocodiles. Son amour m'accompagne, me protège et me guide dans les épreuves, le lien qui nous unit a perduré alors même que je ne me souvenais de rien. Notre amour est plus fort que tout, il inonde mon cœur et remplit ma vie, chaque seconde est faite de nous et c'est cela que je ressentais sans savoir de quoi il s'agissait. Maintenant, je vais vous dire pourquoi je suis tombé sur votre terre. Pour ne pas que je me souvienne de mon amour Zia et de ce que nous avions vécu, des hommes m'ont implanté une puce derrière la tête, reliée à mon système nerveux. Une fois posée, j'ai eu un délai de quelques heures avant que ma mémoire ne disparaisse complètement. J'ai profité de ces quelques heures pour m'échapper à l'aide d'un vieil appareil que mon grand-père avait gardé secrètement enterré dans une cache, nichée fond de son jardin. Après avoir pris son envol dans les airs, l'appareil a dérivé au gré des vents, je me suis évanoui de douleur, de soif et de faim en sachant que j'allais oublier l'amour de ma vie. En arrivant au-dessus de votre territoire, mon engin est tombé dans les arbres et moi avec.

– Et d'où viens-tu ? me demanda Viracotcha, curieux.

– Je viens bien de l'autre côté du mur immense qu'on distingue au loin. Mes grands-parents habitaient au pied de ce mur qui fait deux kilomètres de haut, il est impossible de l'escalader. Tu l'appelles « le monde des âmes perdues » et c'est juste : la vie a disparu derrière ce mur.

– Et pourquoi t'es-tu échappé ? me demanda Iduski.

– J'allais vivre une vie dénuée de sens et de but. La pastille qu'on te pose plus ou moins tôt dans l'existence, dès que tu commences à éprouver des sentiments, te fait oublier les personnes pour qui tu éprouves de l'amour ou de l'affection. Je ne voulais pas me résigner à oublier ma dulcinée ainsi que l'enfant qu'elle porte, tout sauf cela. En restant à l'intérieur de Al Prime, je n'aurais plus jamais eu la possibilité d'éprouver ces sentiments vitaux pour moi, la seule solution était donc de m'enfuir, car cette pastille permet aussi aux autorités de nous localiser et de détecter toute manifestation sentimentale, quel que soit l'endroit où l'on se trouve, sauf à l'extérieur du mur. Ma seule chance était donc de sortir de cet endroit afin de trouver un moyen de l'enlever, ce que j'ai réussi grâce à vous. Maintenant, il faut que j'y retourne pour la retrouver et la délivrer.

– Et après ?

– Tout ce que je sais, c'est que ma place est auprès d'elle. Je n'aurai pas de répit avant de l'avoir retrouvée, j'ignore ce qu'on fera ensuite mais je dois d'abord la serrer dans mes bras.

– Et là d'où tu viens, c'est une grande cité ?

– Oui, c'est très grand, d'après ce qu'on nous enseigne, elle fait quatre mille kilomètres de diamètre et la vie est concentrée à l'intérieur. Personne ne sort car on nous enseigne aussi que la vie n'est pas possible à l'extérieur. On n'a pas l'utilité de penser à vivre ailleurs car tout est contrôlé, tout est à disposition, on n'a pas à réfléchir à ce que l'on doit faire car on ne connaît que cela depuis notre naissance. Moi-même, quand j'ai franchi le mur pour m'échouer ici, je pensais que j'allais mourir, mais je préférais partir vers l'inconnu à l'oubli de mon amour.

– Mais comment vas-tu te rendre jusqu'au mur et ensuite le franchir s'il est si haut que tu le dis ?

– J'ai réussi à le franchir une fois par les airs en venant jusqu'ici, je réussirai à nouveau. En retrouvant ma mémoire, je me suis rappelé des signes gravés sur les ailes dans la Cite Perdue. Je connais ces symboles pour les avoir appris chez mon grand-père dans un de ses plus précieux livres, je suis sûr que c'est un moyen de voler, mais il faut déchiffrer les signes pour faire fonctionner les ailes.

– Tu veux dire que tu sais comment accrocher ces ailes sur ton dos et voler ?

– Je me rappelle juste de signes expliquant comment utiliser les ailes, il faut d'abord que je les déchiffre et ensuite que j'apprenne à voler avec. C'est le seul moyen de rejoindre ma Zia. Ils n'ont pas dû lui poser une pastille car elle porte un enfant. Dans ma civilisation, on ne peut pas porter atteinte à la vie, ils ont dû l'enfermer dans un endroit où personne ne peut la voir ni l'entendre.

– Pourquoi l'enfermer et la cacher ? me demanda Iduski.

– Elle représente un grand danger pour le pouvoir en place car, de mémoire d'homme, il n'y a jamais eu de naissance naturelle comme cela. Nous sommes créés à partir de cellules parentales et nous venons à la vie formés de façon équivalente à l'un de vos enfants de douze ans, prêt à marcher, manger et étudier. Nous sommes éduqués et conditionnés pendant notre conception. De même, dans notre société, tout est régi et contrôlé, les autorités voient en nous une menace pour l'équilibre établi.

Viracotcha interrompit la discussion :

– Nous sommes comblés que tu aies retrouvé tous tes moyens, mais maintenant tu vas te laisser faire pour les soins, te reposer et te nourrir correctement. Tu auras besoin de toutes tes forces pour retourner à la Cité Perdue et voler vers ton destin. Tu sais maintenant pourquoi on t'appelle Homme Oiseau ! D'ailleurs, une dernière question avant de te laisser tranquille, quel est ton nom ?

– Mon nom est Merlin mais tu peux continuer à m'appeler Homme Oiseau.

Sur ces mots, Iduski et Viracotcha sortirent de l'unique pièce de la cahute. C'est à ce moment que je me rendis compte qu'ils m'avaient installé dans la demeure de Viracotcha, la solennité avec laquelle entraient les femmes qui me soignaient témoignait de l'importance du lieu et de l'honneur que m'avait fait ce peuple bienveillant.

Tandis qu'elles me soignaient, je pus toucher la plaie béante derrière ma tête. Effectivement, j'avais eu beaucoup de chance lors de ma chute. La pastille s'était brisée sans que mon crâne ne subisse de dommages importants et il faudrait quelques jours avant que je puisse me lever et marcher. Je repensais à ce moment aux circonstances : j'avais failli être écrasé par des éléphants qui, finalement, m'avaient ouvert un chemin dans la brousse, ensuite j'étais tombé d'une chute d'eau vertigineuse en heurtant un rocher, j'avais frôlé la mort, ceci pour me rendre la mémoire et l'amour.

Des évènements clairement négatifs sur le moment se révélaient par la suite positifs et bénéfiques. J'avais jusque-là un but caché, inconscient : retrouver l'être aimé. Je parcourais un chemin dont j'ignorais les étapes, le seul fil conducteur et protecteur de cette route était l'amour. Il ne m'arriverait rien tant que je suivrais ce fil. Je restais pensif… Et si les épreuves, les dangers, les souffrances et les difficultés faisaient partie d'un tout ? Ni bien ni mal, juste quelque chose de nécessaire pour arriver à destination ? Notre rationalité était limitée et nous prenions des décisions sans savoir quelles seraient les conséquences, nous étions des êtres illimités avec une perception locale.

La perception de notre existence était donc partielle et nous ne pouvions savoir si une situation était bonne ou mauvaise. La seule chose que nous pouvions faire était de suivre ce que nous dictait notre cœur en dépit de tout le reste. En agissant ainsi, nous nous rapprochions de nous-mêmes, de la pureté originelle et des buts profonds qui nous animaient.

Les journées passèrent ainsi, entre discussions avec Viracotcha sur ma civilisation et soins à base de plantes pour me fortifier en vue des jours à venir. Je cicatrisais vite et mes douleurs de tête avaient disparu en même temps que la pastille. Celle-ci devait se heurter à mes souvenirs de façon trop profonde, le lien nous unissant avec Zia devait interférer avec la technologie utilisée et ceci avait provoqué ces maux de tête atroces.

Je remerciais chaque jour le shaman ayant eu le courage de m'ôter ce morceau de fer qui m'avait fait souffrir autant qu'il m'avait éloigné du cœur de ma dulcinée. Quelques jours s'écoulèrent et je fus rapidement sur pied, prêt à entamer une nouvelle expédition vers la Cité Perdue. Je n'étais pas certain de pouvoir voler avec ces ailes mais je n'avais pas d'autre choix.

Le temps était compté, la durée de gestation arriverait bientôt à son terme et je devais retrouver Zia avant que le bébé ne sorte. Je ne savais pas ce que les autorités feraient d'eux ensuite, ils étaient capables de tout, même du pire.

La veille de notre départ, Viracotcha me garda avec lui toute la soirée dans sa cahute.

– Merlin, tu es un fils du soleil, me dit-il l'air grave.

– C'est ce que me disait aussi ma grand-mère.

– Ta grand-mère devait avoir des visions tout comme moi.

– Je ne comprends pas ce que c'est…

– Tu as un lien particulier avec le soleil, cela te confère à la fois des pouvoirs et des responsabilités.

– Comment ? le questionnai-je.

– Tu as le pouvoir de faire briller le soleil pour toi et pour les autres, tu dois savoir que la vie ne peut exister sans soleil, c'est donc un très grand pouvoir.

– Et comment je peux faire cela ?

– Tout simplement en l'appelant avec ton cœur, ressens sa douce chaleur et il t'apparaîtra. Il brille en toi comme en tous les hommes, il les éclaire et les enveloppe.

Viracotcha me salua et m'invita à aller me reposer. Je restai, dans mon hamac, sur ces propos énigmatiques du shaman sans réellement comprendre ce qu'il avait tenté de m'expliquer et m'endormis en méditant ses paroles.

Le matin du départ vers la Cité Perdue, tandis que je partageais des fruits et quelques épis de maïs avec tout le village, Viracotcha me questionna gravement sur l'état de l'eau :

– Merlin, sais-tu si la maladie de l'eau vient de ta civilisation ?

C'était la première fois qu'il m'appelait par mon prénom.

– Je pense que oui car nous ne buvons que de l'eau filtrée par des machines très sophistiquées. Les seules personnes que je connaisse qui se sont aventurées à boire de l'eau non filtrée sont tombées malades, elles ont été prises de vomissements et de fièvre.

– Les membres de mon peuple qui sont malades ont les mêmes symptômes. Ensuite, leur état se dégrade, leur peau devient jaune et ils meurent dans d'atroces souffrances. J'ai essayé tous les remèdes que je possède, mais rien n'y fait, mon savoir est impuissant face à ce mal. Je ne peux pas les soigner, alors, si tu vas là-bas, peux-tu trouver la cause de cette maladie et la supprimer ? Sinon, mon peuple entier disparaîtra dans peu de temps, je te le demande au nom de tous les Awas.

– Bien sûr que je chercherai, je ne peux pas t'assurer que je supprimerai cette maladie mais je ferai tout mon possible. Je vous dois la vie et l'amour, je ferais l'impossible pour vous tous.

Viracotcha me conduisit ensuite dans une des cahutes du village pour placer des visages sur ses mots,. À l'intérieur, se trouvait un nouveau-né de quelques jours.

– Tu vois, cet enfant est malade car sa mère l'était. Elle lui a transmis en le nourrissant dans son ventre, elle est décédée ce matin. Il est jaune et ne va vivre que quelques heures de plus, on ne peut pas l'alimenter ni calmer sa fièvre. Je voulais que tu voies ce que ton peuple fait au mien. Notre détresse est immense, d'autant plus que nous ne pouvons rien faire.

Je restai là, mesurant les conséquences engendrées par ma civilisation. Abattu, je m'assis dans un coin à l'extérieur de la cabane pour pleurer le malheur qui s'abattait sur ce village.

– Nous devons y aller ! me lança Iduski.

Une fois sur le sentier devant nous mener au pic rocheux, je me fis la promesse de trouver la cause de ce désastre car ces hommes et ces femmes devaient pouvoir vivre en paix sans avoir à subir les erreurs de Al Prime. Nous empruntâmes avec Iduski un chemin différent de la première fois, d'abord parce que le pont de corde n'avait pas été réparé, ensuite parce qu'il voulait éviter de croiser à nouveau les éléphants. Il s'agissait d'arriver au pied du pic sans passer par leur territoire, c'était le chemin que j'avais emprunté, inconscient, dans l'autre sens, sur le dos de mes sauveurs.

La nuit, nous dormîmes tous les deux dans des hamacs fixés à sept mètres du sol, ce qui ne fut pas facile pour moi. J'étais habitué depuis plusieurs jours à dormir ainsi, mais à quelques centimètres du sol. Iduski s'amusa de l'expression de mon visage en me disant que, désormais, j'étais un Awas et que je pouvais passer la nuit comme lui, loin des prédateurs et autres serpents venimeux de la forêt. Effectivement, après quelques minutes d'appréhension, mon esprit s'adapta à la hauteur et mon hamac devint mon refuge pour la nuit.

Le lendemain, nous nous mîmes en quête d'arriver au pied du pic avant la nuit pour profiter de l'abri offert par une petite grotte à proximité. Iduski y prenait régulièrement refuge. L'idée même de dormir dans les hamacs ne nous enchantait pas, nous savions maintenant que cela ne nous mettrait pas à l'abri des éléphants dans l'éventualité où ils auraient changé de territoire.

Je pouvais enfin apprécier la nature à sa juste valeur. De plus, j'étais en bonne santé, j'avais un but, désormais, l'amour me donnait des ailes au point de me rendre invincible. J'avais donc grandi loin de cette harmonie de couleurs, j'avais vécu sans connaître la magie du chant d'un oiseau, je m'étais construit sans l'odeur des fleurs multicolores… Et mis à part le ruisseau boueux dans le terrain de mes grands-parents, je ne connaissais pas la douce mélodie d'un cours d'eau.

Je me sentais à ma place dans cette nature sauvage et envahissante, tout n'était qu'abondance, et s'il m'avait manqué l'amour durant une bonne partie de mon existence jusqu'à ma rencontre avec Zia, je réalisais qu'il m'avait aussi manqué la nature, expression sublime de la vie. En retrouvant cette harmonie, je retrouvais une partie de moi. J'en étais sûr : si je survivais à toutes ces épreuves, je voudrais vivre le reste de ma vie avec les miens dans ce temple mystique.

Iduski marchait d'un pas pressant et j'avais de la difficulté à le suivre. Le rythme était soutenu, nous ne faisions de pauses que pour boire un peu et mes jambes me brûlaient à force de monter et de descendre le relief.

– Allons, Merlin, il faut progresser rapidement, le soleil va se coucher. Il reste du chemin à parcourir, nous ne serons pas en sécurité, ici. Il y a des jaguars qui rôdent et eux sont très l'aise pour grimper dans les arbres ! Nous devons atteindre la grotte pour la nuit.

– Tu ne m'avais pas dit pour les jaguars, Iduski !

– Tu ne me l'avais pas demandé ! me répondit-il en souriant de toutes ses dents, les yeux noirs brillant de malice.

À la nuit tombée, Iduski alluma une torche fabriquée sur place avec de la paille et de l'huile qu'il sortit de sa besace. Tandis que nous progressions dans l'obscurité, il s'arrêta net, la main levée.

– Ne bouge plus, me susurra-t-il.

– Qu'y a-t-il ? demandai-je à voix basse.

– Ce silence, ce n'est pas normal… Les oiseaux se sont tus, il y a un prédateur mais je ne sais pas ce que c'est.

– Tu le sais mais tu ne veux pas me le dire, lui dis-je pour qu'il parle.

– Sûrement un jaguar. Il doit être à l'affût, prêt à bondir. Il attend que tu lui tournes le dos pour attaquer. Quand tu le vois, il est trop tard.

Je n'avais pas de bons souvenirs des jaguars, il me restait des cicatrices sur le dos pour le prouver. Il faisait nuit et nous étions sur son territoire de chasse mais, curieusement, je n'avais pas peur. J'étais serein et certain qu'il ne m'arriverait rien de mal. Iduski, lui, était concentré, prêt à se défendre à l'aide de sa machette et d'une petite lance en bois très dur. Tandis que je scrutais la végétation éclairée de la lumière blafarde de notre torche, je le vis, ses deux yeux braqués sur moi, à trois mètres à peine.

Il était magnifique et mon premier sentiment ne fut pas de la peur ; ce fut un sentiment d'admiration devant tant de majesté. Nous restâmes tous les trois figés dans la semi-obscurité, Iduski l'ayant aussi discerné. Le jaguar me fixait intensément et je faisais de même. Il avait dû sentir l'absence de peur dans mes yeux car, en un éclair, il s'enfuit dans les buissons, nous laissant continuer notre chemin.

– Il ne t'a pas vu comme un homme, il t'a vu comme un aigle armé d'un glaive doré. C'est pour cela qu'il n'a pas attaqué, il a vu un adversaire trop dangereux pour lui. Il a dû préférer aller chasser des proies plus inoffensives, me dit Iduski.

Nous arrivâmes à la grotte sans encombre. Après une nuit reposante, nous nous mîmes en marche, à l'aube, en direction du pic tout proche afin de profiter des premiers rayons du soleil, pour gravir l'escalier interminable et pénétrer dans la cité avant que le soleil ne soit trop haut. L'ascension fut longue mais plus aisée que la première fois. Je connaissais maintenant le sentier et ses pièges. Même si Iduski m'attendait régulièrement, je réussis à monter sans difficulté jusqu'à la petite maison en pierre.

En pénétrant dans la cité, je restai aussi stupéfait que la première fois. Si je m'étais habitué au sentier que nous avions parcouru, je ne m'étais pas habitué à la splendeur du site, il était encore plus beau que la première fois. Nous étions arrivés plus tôt et la lumière du soleil, teintée de rose par le lever de soleil, donnait à l'endroit une couleur irréaliste. La cité vibrait d'une force tranquille, paisible et bienveillante, les bâtisseurs de ce lieu avaient construit quelque chose de vivant. On sentait que les blocs d'or résonnaient et on pouvait clairement sentir leur présence.

Nous nous dirigeâmes rapidement vers le bâtiment abritant les ailes en or. Elles étaient là, posées majestueusement sur l'autel, attendant qu'on les découvre.

– Tu comprends ces symboles ? me demanda Iduski.

– Attends, il faut que je me remémore… mes souvenirs datent. Mon grand-père avait eu la plus grande difficulté à me les enseigner, ils sont très complexes et leur interprétation est multiple.

– C'est-à-dire ?

– Il y a plusieurs niveaux d'interprétation selon le sens que le créateur des signes veut donner. Je dois d'abord comprendre le sens premier et, ensuite, je pourrai traduire ce qui est inscrit sur le harnais.

Il était douloureux pour moi de me rappeler la période où j'avais appris cette langue, elle correspondait à un temps magique chez mes grands-parents, un temps passé à être moi-même avec eux. Cela me rappelait aussi qu'ils étaient enfermés je ne sais où et que l'intégralité de leur trésors avait brûlé, juste pour m'avoir fait démonstration de leur amour. Ils avaient allumé ce jour-là un sentiment de colère et d'injustice, mais en même temps, la volonté de vouloir ressentir cet amour de façon éternelle.

Il n'y avait pas beaucoup de signes sur le harnais et la traduction était pour le moins énigmatique :

Appuyez sur le soleil

Levez les bras vers le soleil

Placez-vous sur le soleil

Tombez comme la pierre

Je regardai Iduski, la mine désabusée, en cherchant dans son regard une lueur de compréhension.

– Merlin, je ne comprends rien à ces mots !

– Moi non plus, mais gardons à l'esprit que ce langage est symbolique, il est conçu pour être imagé et contient simplement quatre étapes pour pouvoir utiliser ces ailes. Prenons-les une par une.

Le harnais formait une croix, comme des sangles qu'on devait enfiler avec les bras. Au centre de cette croix se trouvait un soleil, symbolisé par un rond et quatre triangles autour, parfaitement symétriques. J'appuyai avec beaucoup de solennité dessus et les sangles se replièrent sur elles-mêmes, comme par magie, puis je poursuivis les indications en levant les bras au ciel mais rien ne se passa.

Iduski me regarda interrogatif et circonspect, je ne savais pas quoi faire car j'avais bien levé les bras comme il était écrit.

– Il faut sortir les ailes dehors et recommencer, on ne voit pas le soleil dans cette salle. Tu dois lever les bras vers le soleil, pas vers le plafond, affirma Iduski d'un air certain.

– Tu as raison, Iduski, aide-moi à les sortir sans les abîmer.

Nous prîmes chacun un bout des ailes et, à notre grande surprise, bien qu'immenses, elles étaient fantastiquement légères. C'est sans difficulté que nous les posâmes à l'extérieur par terre, sur le sol pavé d'or. Je retentai alors de lever les bras en direction du soleil, tandis que mes mains restaient tendues vers le ciel. Les ailes se mirent en suspension dans l'air, mues par une force invisible, et vinrent se placer délicatement dans mon dos. Les sangles se déplièrent pour venir se fixer sur mon torse, avec le soleil au niveau de mon plexus. Elles épousaient parfaitement mon corps, même si je ne sentais pas de pression particulière, je ressentais qu'elles faisaient parties de moi.

– Et maintenant se placer sur le soleil ? demandai-je à Iduski.

– Il faut prendre le sens premier comme pour le harnais, il doit s'agir d'un endroit dans la cité où il y a un soleil gravé dans le sol. Il ne faut pas perdre de temps, le soleil est levé et nous ne pourrons bientôt plus rester ici, la lumière sera aveuglante.

Nous nous séparâmes pour prendre chacun une partie de la cité et trouver le soleil gravé dans le sol. Bien que les constructions fussent imposantes, il y avait peu de surface au sol, notre recherche fut aussi rapide qu'infructueuse. Il n'y avait rien qui ressemblait à un soleil, tout n'était que pavés, la lumière augmentait et il devenait difficile de se distinguer l'un l'autre.

En nous éloignant du centre pour se protéger les yeux, nous nous rapprochâmes du bout de la cité avec la vue merveilleuse sur l'océan de forêt et la perspective du mur de Al Prime à l'horizon. Le chemin pavé s'arrêtait là, juste devant le vide et, sous nos pieds, se dessinait un énorme soleil identique à celui gravé sur le harnais des ailes : nous avions trouvé l'endroit où il fallait se placer.

Une fois au centre du soleil, les ailes fixées sur mon dos, il me restait à exécuter la dernière instruction : tomber comme une pierre. J'avais très bien compris de quoi il s'agissait, je me trouvais à quelques centimètres du vide. Iduski me dit, paniqué :

– Tu ne vas pas sauter, Merlin ! Tu as beau t'appeler l'Homme Oiseau, tu n'en es pas un… Tu ne sais même pas si on peut voler avec ces ailes.

– Depuis que je te connais, Iduski, je t'ai fait confiance, je t'ai suivi partout où tu m'as dit d'aller sans réfléchir, j'ai accompli des choses que je n'aurais jamais réalisées sans toi. Maintenant, c'est à toi de me faire confiance. Je vais me jeter dans le vide comme une pierre et je vais m'envoler vers ma cité pour retrouver ma bien-aimée. C'est écrit. Je le sais, maintenant. Merci encore pour tout ce que tu as fait et nous nous reverrons, j'en suis sûr.

Iduski ne répondit rien face à ma détermination. Je lui souris et, en pensant à Zia, je me laissai tomber comme une pierre.

7

LA CHUTE

En cherchant au fond de mon cœur

Je t'ai trouvée, je t'ai regardée et je me suis réveillé

Je restai là, à regarder partir en cendres la petite demeure de mes grands-parents au milieu de ce terrain vague. La fumée montait le long du mur immense et mon cœur se consumait de voir brûler ce qu'ils avaient construit de leurs mains. Plus encore, j'étais inquiet pour eux, où étaient-ils ? Les avait-on blessés ? Je ne savais même pas en quoi consistait un « centre d'effacement ».

Les derniers soldats s'éloignèrent quand il ne resta plus qu'un tas de cendres à la place de la maison, me laissant seul avec mon chagrin de ne pas pouvoir ni les voir ni les serrer contre moi. Mes grands-parents m'avaient laissé avec un immense manque d'affection et j'ignorais comment le combler, ils constituaient mon seul répit dans cette morne vie.

La force qu'ils avaient libérée en moi, en me serrant contre eux la veille de leur enlèvement, se déchaînait dans mon for intérieur. Elle me rongeait, je voulais ressentir de nouveau cette douceur au fond de mon cœur, je voulais les voir et leur dire tout cela mais ils n'étaient pas là. C'est résigné que je regagnai l'appartement de mes parents dans la tristesse la plus absolue.

Le lendemain matin très tôt, les autorités vinrent chez mes parents pour les informer de la situation et les avertir de me surveiller car les appréciations sur mon dossier Al Code n'étaient pas bonnes. Ma présence sur les lieux le matin de leur intervention les avait alertés. Le dossier Al Code était un résumé de tous les faits et gestes recensés de tous les individus, privés et publics. Il était créé lors de notre livraison à nos parents, alimenté par les différents rapports et consigné par la suite dans des archives gardées au centre du pouvoir de Al Prime.

L'officier qui vint réprimander mes parents était le même que celui de la veille sur le terrain de mes grands-parents : une brute froide avec une veste rouge, un pantalon sombre serré et de hautes bottes noires toutes brillantes. Les yeux noirs livides, il portait une casquette sombre ornée d'une tête de mort rouge. Son rôle et son grade devaient être importants car les soldats qui l'accompagnaient baissaient les yeux quand il s'exprimait, sa démarche était rigide et il parlait comme une machine, récitant ses principes et assénant ses vérités.

– Bonjour, je suis le commandant Cortez de la BDS, la Brigade de Répression des Sentiments. J'ai le dossier AI Code de votre fils sous les yeux et il n'est pas bon. Il n'obéit pas, il n'écoute pas, il ne travaille pas, il n'applique aucune consigne du code de conduite de AI Prime. Pire, on le soupçonne d'avoir ressenti des sentiments hier avec ses grands-parents donc j'espère que vous mesurez la gravité de la situation. Pour le reste de la famille, nous n'avons rien à dire, votre comportement est exemplaire et nous vous félicitons. Il faudra juste remettre cet individu dans l'axe d'ici l'âge de raison, merci de votre compréhension.

Ma mère lui répondit, anxieuse :

– Oui, Monsieur Cortez. Bien sûr, Monsieur Cortez. Nous sommes désolés pour le tort qu'il a causé, monsieur Cortez. Nous allons tout mettre en œuvre pour le corriger, nous ignorons pourquoi il est comme cela. Nous élevons nos trois enfants de la même façon, les autres se comportent bien et grandissent correctement mais celui-là n'en fait qu'à sa tête et nous cause beaucoup de soucis.

– Je vous souhaite de réussir pour la gloire de AI Prime, sinon nous serons dans l'obligation de l'effacer s'il n'a pas changé de comportement à l'âge de raison. Merci Madame, merci Monsieur et bonne journée. Quant à toi, Monsieur Merlin, si je dois te revoir, ce sera pour t'effacer alors prends garde à toi.

J'osai lui poser la question, pas pour moi, mais pour mes grands-parents… Mon inquiétude pour eux était plus forte que ma peur de cet homme.

– C'est quoi, être « effacé » ?

– Vous voyez, c'est exactement ce que nous ne voulons pas : d'un enfant qui se pose des questions et qui en pose. Il doit obéir et faire ce qu'on lui dit. Qu'il s'adresse directement à moi est inacceptable, trancha M. Cortez.

Ma mère me sermonna :

– Tu n'as pas fini de nous faire des problèmes ? Tu mets le commandant Cortez dans l'embarras et nous aussi. Que vont dire les voisins ? La famille et les gens qu'on connaît ? Ils vont dire qu'on ne sait pas élever correctement des enfants et la honte va rejaillir sur nous ! Nous on a tout bien fait et on a des ennuis par ta faute.

Cortez l'interrompit et prit son air le plus sombre en me fixant.

– Tu es une cause perdue, je ne perds rien à te répondre et j'espère même que cela te fera peur. Pour effacer quelqu'un, on lui pose une pastille derrière la tête, sous la peau. Cette pastille est un concentré de technologie lui faisant oublier les sentiments d'attachement et les personnes associées car cela est mauvais pour tous les habitants de Al Prime. Cela engendre des déséquilibres ; tes connaissances et ton savoir commun demeurent mais le reste disparaît. Dès que tu atteindras l'âge de raison, nous serons en droit de le faire.

Mon père lui répondit, dépité :

– Si c'est ce qu'il faut faire pour qu'il se comporte bien, il ira au centre d'effacement, c'est moi-même qui l'y emmènerai. De toute façon, on ne le comprend pas, cet enfant, il ne veut rien entendre.

L'agent Cortez prit congé de mes parents sans me jeter un

regard. La porte n'était pas même refermée qu'un énième sermon se déversa sur moi durant plus de deux heures. Tout y passa : la mauvaise influence de mes grands-parents, l'école, mon comportement, mes vêtements, tout.

Ma mère se préoccupait beaucoup de ce que pouvait penser le reste du monde sur son compte et sur la famille, tout devait être parfait. En fait, tout devait paraître merveilleux aux yeux des autres, en dépit de ce que je pensais ou ressentais. Mon père, lui, se cachait derrière une apparence d'homme cultivé et de personne libre pensante, mais il était au fond très conformiste, fort banal et infiniment cynique.

Suite à cet épisode, la pression de mes parents fut plus grande et la surveillance dont je faisais l'objet s'exerça même à l'école : mes professeurs étaient sommés d'envoyer régulièrement à la brigade des sentiments un rapport sur mes notes ainsi que sur mon comportement.

J'appliquais ce que m'avait enseigné mon grand-père : « Sois libre dans ta tête, même si ton corps est prisonnier. »

Plus personne ne faisait attention à ma personne, j'exécutais ce que l'on attendait de moi, mes notes s'étaient améliorées, mon comportement était lisse et neutre mais mon sentiment de solitude était extrême. J'étais seul avec moi-même, cela me pesait au fil du temps et je ne pouvais pas me présenter tel que j'étais, sous peine d'être rejeté.

L'obligation de paraître ce que je n'étais pas pour plaire à la société avait fait de moi un chevalier en armure comme dans les lectures de mon grand-père. Je m'étais construit une protection suffisamment épaisse pour qu'on ne puisse pas me découvrir ni me blesser, celle-ci me protégeait mais diminuait considérablement mes possibilités de mouvement.

Je savais ce que je ne voulais pas : devenir comme mes parents, insipide et commun, mais je ne savais pas encore ce que je voulais. Je ne pouvais pas encore percevoir ma singularité, mis à part la formidable force ressentie lors de l'étreinte avec mes grands-parents. Je n'avais pas de but car rien dans ce monde ne m'intéressait, tout n'était qu'apparences, faux-semblants et tristesse.

Tout naturellement, je passais de moins en moins de temps chez mes parents, je ne rentrais que pour manger et dormir. Ils me laissaient tranquille tant que mes notes étaient correctes, je n'avais rien à partager avec eux et eux n'avaient rien à partager avec moi. Je continuais de m'évader, seul dans ma chambre, avec le peu de livres qu'il me restait de mon grand-père, des ouvrages très complexes qu'il me faudrait des années pour comprendre. Ces ouvrages seraient pourtant cruciaux pour la suite de ma vie, comment l'avait pressenti mon grand-père :

– Lis, Merlin, lis encore. Seule la lecture t'aidera, tout ce qu'il y a dehors n'est que vent inutile et illusion perdue. Épanouis-toi, sublime tel la fleur qui pousse dans la boue et l'ignorance.

Il était ardu pour moi, même avec des prédispositions, d'obtenir de bonnes notes, je devais me faire violence pour travailler et ainsi obtenir une paix relative. Je ne trouvais aucun sens dans ce que je faisais au quotidien, je ne voyais pas en quoi cela éveillerait ma singularité et comment cela pouvait rendre ma vie meilleure. J'observais autour de moi et ne voyais pas la différence de comportement entre les êtres autonomes et les êtres humains, les deux obéissaient sans réfléchir, sans recul et sans discernement.

Ce qui me frappait le plus, c'est que les hommes et les femmes agissaient de leur plein gré, avec un contrôle serré des autorités, certes, mais ils s'obligeaient eux-mêmes, en quelque sorte, sans vraiment se poser la question de ce qui était bien ou mal pour eux, pour leurs enfants et pour la société. Ils agissaient de la sorte en reproduisant mécaniquement ce qu'on leur avait appris, sans esprit critique.

Les êtres autonomes étaient des entités non humaines dotées d'une intelligence artificielle, fruit d'un mélange de technologie et de génétique. Ils étaient conçus et fabriqués par une agence gouvernementale et participaient à la vie de la cité comme des êtres à part entière. Ils concouraient également à la surveillance permanente des biens et des personnes, les informations qu'ils collectaient étaient directement traitées par le pouvoir en place pour garantir une société stable et sécuritaire, sans heurts, sans crimes et sans émotions.

Il était encore aisé de distinguer les êtres humains des êtres autonomes, ces derniers se trahissaient par leur démarche saccadée et régulière, l'expression de leur visage était mécanique et leurs vêtements étaient exagérément lisses… mais pour combien de temps ?

L'atmosphère de Al Prime était de plus en plus nocive pour l'homme, les technologies utilisées avaient endommagé l'endroit où nous vivions. Al Prime se confondait de plus en plus avec les êtres autonomes et convenait de moins en moins aux êtres humains.

Je pensais aux illustrations dans l'un de mes livres préférés, il y avait des plantes vertes, des animaux que j'identifiais, des étendues d'eau immenses… Tout cela était absent de nos vies, tout était grisaille, appareils pour filtrer l'air, l'eau, et injections pour éviter d'être malade de ce que nous mangions.

Les livres étaient interdits à Al Prime, ceux que je possédais me venaient de mon grand-père. Je les consultais la nuit lorsque tout le monde dormait pour être sûr de ne pas me les faire confisquer et risquer des sanctions.

Dès ma venue au monde, j'avais commencé à effectuer des séjours prolongés chez mes grands-parents car mes parents travaillaient beaucoup. Mon grand-père avait alors entrepris la fabrication d'une malle en bois, matière absente de Al prime où tous les objets étaient fabriqués de façon automatique en matériaux composites. Cette malle m'avait été offerte pour féliciter mes parents de ma naissance, mais elle avait une tout autre utilité. Elle était équipée d'un faux fond dans lequel je pouvais cacher mes livres ainsi que mes objets les plus précieux.

C'était mon refuge secret, « mon jardin d'Eden » comme disait mon grand-père. Je ne sais pas d'où il tirait cette expression mais c'était mon espace à moi, ce petit endroit au fond d'une malle et son contenu étaient tout ce qu'il me restait de mes grands-parents. Ma liberté de penser était mon seul réconfort dans cette vie sans avenir.

Je suis né pesant vingt-cinq kilos et mesurant un mètre vingt-deux. Mes parents étaient contrariés car j'avais une anomalie physique sur le visage et ce n'est pas ce qu'ils avaient commandé à la banque centrale génétique. Les scientifiques leur avaient expliqué que cela pouvait s'opérer et qu'ils avaient intérêt à me garder, car lors des tests suivant la conception, ils avaient détecté un potentiel intellectuel exceptionnel.

Mes parents avaient hésité mais m'avaient finalement ramené à leur appartement, la seule pensée de voir leur fils occuper des fonctions importantes au sein de Al Prime les ayant convaincus.

Ils travaillaient beaucoup et n'étaient pas heureux dans leurs fonctions, leurs aspirations profondes étaient bien éloignées de ce qu'ils faisaient au quotidien. Ils se persuadaient d'avoir réussi leur vie mais leurs critères de jugement n'étaient pas bons et ils l'ignoraient. Ils étaient aigris de faire ce qu'ils faisaient et souhaitaient la même chose pour moi afin de ne pas avoir à regretter les choix ainsi que les décisions qu'ils avaient pris dans leur vie. C'était plus confortable et rassurant pour eux de me voir vivre une vie de lente agonie comme eux plutôt que de me voir m'épanouir. Mon père me répétait sans cesse : « Tu finiras comme tes grands-parents, sans rien, tu es vraiment nul » et ma mère me lançait tout le temps : « Merlin, on a travaillé dur avec ton père et on n'est pas morts, on a investi beaucoup d'argent sur toi, pour récolter quoi ? Rien du tout, tu es un bon à rien ».

Je tentais bien de m'intégrer dans cette société en suivant des études le plus longtemps possible comme mes parents me l'avaient conseillé, mais le fossé entre ce que je voyais et ce que je pensais se creusait au fur et à mesure que je grandissais. Tout me paraissait de plus en plus absurde et j'avais beaucoup de difficultés à donner le change. J'abandonnai finalement peu avant la fin programmée de mes études, laissant mes parents dubitatifs devant tant de gâchis de temps, d'argent et d'énergie. J'entrepris de faire pour la première fois de ma vie quelque chose qui me corresponde.

Mes parents avaient, jusque-là, fait des choix à ma place en présumant de ce que je devais faire, mais il était temps que je prenne ma vie en main. Comme disait mon grand-père, il fallait que je me mette à « créer au lieu de reproduire ».

Mon choix fut simple, je ne savais pas comment, mais je voulais aider les autres, j'avais le sentiment que cela m'aiderait moi-même à me trouver. C'est ce qui me motivait et me donnait la force d'espérer un avenir meilleur, car personne n'avait besoin de moi dans cette société individualisée où chacun se préoccupait de lui-même et de rien d'autre.

Personne ne m'attendait sauf une partie oubliée de la population, cachée à la périphérie de Al Prime, derrière de hautes murailles. Il s'agissait des êtres nés avec un défaut de potentiel, on les appelait les « Sans-Noms » car ils n'avaient pas reçu de nom à leur naissance. Leurs parents les commandaient à la banque centrale génétique, mais ils ne les prenaient pas au motif que le produit livrable n'était pas conforme à leur demande. La loi les y autorisait car un contrat détaillé liait les parents à la banque. Ils ne correspondaient pas aux critères voulus et leur potentiel d'intelligence n'était pas suffisamment élevé.

Ils vivaient là, à l'abri des regards. Les autorités les auraient bien fait disparaître, mais l'Al Code l'interdisait : les scientifiques maîtrisaient la vie mais s'interdisaient de l'ôter. Il existait un tabou autour d'eux et je découvris leur existence de façon fortuite en entendant une conversation entre deux officiels travaillant dans un centre de détention appelé le Secteur 22. Ils discutaient des difficultés de s'occuper de ces individus sans avoir détecté ma présence, et ils cherchaient vainement des volontaires pour accompagner ces rejetés de Al Prime afin de les surveiller.

Je pris des notes pour déterminer leur localisation précise mais elle était très bien dissimulée, dans un recoin inhabité de la cité. Il n'était pas interdit d'y aller mais il n'y avait rien dans ce secteur et il aurait été impossible de savoir ce qui se trouvait là. Dès que j'eus localisé la zone, le lendemain matin, je pris mon courage à deux mains afin de trouver ce Secteur 22. Une fois le centre secret de rétention repéré, je stationnai loin de l'entrée derrière un vieux baraquement et frappai à l'épaisse porte en fer. Une voix rauque me demanda :

– Présentez votre code et votre numéro de mission, j'attends.

– Je m'appelle Merlin et je suis volontaire pour m'occuper des personnes que vous gardez. Je suis prêt à le faire gratuitement, merci.

– Patientez…

Je restai là à attendre, je ne savais pas si on allait m'ouvrir, me chasser, ou me faire un énième rapport AI Code. Les minutes passèrent, et j'eus le temps d'observer les alentours : l'endroit était lugubre, les bâtiments gris, il flottait dans l'air une odeur âcre que je ne connaissais pas.

Après une éternité, la lourde porte glissa dans le mur alors qu'un soldat se tenait devant moi. Tout en refermant la porte, il m'ordonna de le suivre le long d'un corridor métallique.

– Arrêtez-vous ici, sur la croix rouge et ne bougez pas pendant sept secondes, nous procédons à votre identification.

Plusieurs rayons me traversèrent le corps, je me sentais mal à l'aise. Un agent vêtu de rouge sortit d'une porte dérobée et m'interpela :

– Monsieur Merlin ! Que faites-vous ici-bas ? Vous avez le potentiel pour diriger cette cité et vous voulez travailler ici gratuitement ? D'ailleurs, comment savez-vous que nous recherchons des volontaires ?

Je pris le parti de ne pas entrer dans des justifications car ils avaient accès à toutes les informations qu'ils voulaient et il aurait été vain de leur mentir.

– Vous cherchez vraiment des volontaires ? lui demandai-je malicieusement.

Son regard inquisiteur se transforma immédiatement en regard quémandeur.

– Oui, c'est vrai. Personne ne veut plus s'en occuper, ils sont ingérables et nous manquons de personnel. C'est la première fois que quelqu'un vient se présenter ainsi. Si je suivais le code de procédure, je ne pourrais pas vous prendre, mais là, nous avons vraiment besoin d'aide, alors… si vous parvenez à les calmer, nous pourrons avoir la paix. Suivez-moi, Merlin.

En longeant le corridor, nous débouchâmes sur un entrepôt où se trouvait un petit aéronef : il était très vieux et semblait être là depuis une éternité. Je n'en avais jamais vu de semblable et, en me voyant le regarder, le soldat me dit :

– Il n'est pas censé être là, il devait d'ailleurs être détruit mais je l'ai réparé peu à peu pour le plaisir. J'aime bien ces vieux engins, ils sont simples à manœuvrer et n'ont pas de capteurs de traçage. Maintenant, il vole, il n'a pas d'identification et je l'utilise juste autour du centre… mais vous n'avez rien vu, il n'existe pas, c'est bien compris ? De toute façon, vous n'êtes même pas censé être là car je n'ai pas rempli d'autorisation spéciale. Cet endroit est secret, je le fais juste pour avoir la paix avec les fous que nous sommes obligés de garder jour et nuit. Si ça ne tenait qu'à moi, je les supprimerais tous, ils ne servent à rien.

Je restai saisi devant tant de froideur et de cruauté, mais je n'étais pas là pour lui. J'étais là pour aider des êtres oubliés de Al Prime et je ne perdais pas cet objectif de vue.

Pendant que nous continuions à progresser dans le complexe immense, il me contait les difficultés de son travail ainsi que le manque de reconnaissance de sa hiérarchie. Personne ne voulait travailler ici, c'était une épreuve pour eux d'affronter les émotions des Sans-Noms. Au fond d'un long couloir fermé par une grille épaisse, nous arrivâmes dans une grande cour délimitée par de hauts murs sécurisés. De petits bâtiments étaient disséminés, l'atmosphère était glauque, il n'y avait personne et le ciel gris ajoutait au lieu une touche de morosité. Tandis que l'agent s'arrêtait au milieu de la cour, je m'enquis des occupants :

– Où sont-ils ?

— Ils sont là mais cachés. Ils font cela à chaque fois qu'une nouvelle personne arrive dans la cour, ils se méfient. Maintenant, c'est à vous, vous avez deux jours pour les calmer et faire revenir le silence sans quoi vous ne nous serez d'aucune utilité. Vous partirez à la tombée de la nuit, aucune personne n'est autorisée à rester ici la nuit. À ce soir et bonne chance.

Sur ces mots, l'agent s'éloigna en me laissant seul au milieu de cette cour grisâtre. Je n'avais pas peur, j'étais juste impatient de pouvoir donner un peu de moi-même sans bien savoir comment j'allais procéder. Je n'avais aucun moyen à ma disposition, avec peu de marge de manœuvre, car nous étions confinés. Ma motivation était mon seul outil pour apporter un peu de réconfort à ces êtres oubliés de la société.

Je ne savais pas à qui j'avais affaire ni quels étaient leur mœurs, je pris donc le parti de désamorcer le froid ambiant en les faisant rire. Il y avait un petit coin d'herbe, je fis semblant de tomber en exagérant ma chute, me roulant et poussant des gémissements de douleur. Je me relevai ensuite, l'air digne, et fis semblant de boiter. Je répétai le même cirque et, au bout de deux ou trois chutes, je commençai à entendre des rires derrière les petites maisons sans pouvoir encore distinguer un seul individu.

Après quelques minutes de mime, ils sortirent enfin : ils étaient une cinquantaine d'individus de tous les âges, vêtus de la même combinaison jaune. Tous étaient là depuis leur conception, ils n'avaient pas connu l'extérieur du centre, leur seul tort ayant été de naître imparfaits, avec un déficit de potentiel intellectuel. Ils se rapprochaient de moi et riaient encore de mes pitreries lorsque l'un d'entre eux m'adressa la parole :

– Qui es-tu, et pourquoi fais-tu cela ?

– Bonjour, je m'appelle Merlin, je veux vous aider et je suis heureux de vous rencontrer. Au moins, cela vous a fait rire.

Celui qui me parlait semblait être le chef, ce n'était pas le plus costaud ni le plus âgé, mais il était sûr de lui. Son assurance me déstabilisait : il me regardait droit dans les yeux, ce qui n'était pas la règle à Al Prime. Les gens parlaient sans se regarder, c'est à peine s'ils levaient les yeux. La plupart marchait en baissant la tête, de peur de croiser le regard d'un officiel ou d'un être autonome.

C'était pour mon grand-père un signe de soumission, il disait : « Le regard est une fenêtre de l'âme d'un homme, regarde au fond de ses yeux, tu apercevras sa nature profonde ». Je voyais en face de moi un homme entier avec qui je pouvais converser librement, sans contrôle sur ce que je disais. Je m'adressai à lui en ces termes :

– Je suis ici de ma propre volonté, je fais cela gratuitement sans rien demander en retour. Je viens partager des choses avec vous afin de vous connaître et d'essayer de rendre votre vie meilleure.

À ces mots, son regard se fit plus intense, mais s'adoucit comme pour baisser ses défenses.

– Depuis que je suis ici, ils ne nous ont envoyé que des policiers brutaux ou des soldats violents pour nous faire taire afin de rester isolés dans leurs bureaux. Pourquoi ce changement ? Je ne comprends pas.

– Je te répète ce qu'ils m'ont dit, ils ne vous supportent plus et ne savent plus comment vous gérer alors je me suis proposé et ils ont accepté.

– Et que vas-tu faire ? Tu as vu où nous sommes ? Nous sommes enfermés sans possibilité de voir ou de communiquer avec l'extérieur ! Que comptes-tu nous apporter ? s'emporta-t-il.

– Je vais essayer de vous comprendre, de vous connaître et tenter de vous donner des raisons d'espérer une vie meilleure.

Je sentais que leur curiosité l'emportait sur leur peur, ils voyaient bien que je ne leur ferais pas de mal. C'est en silence et très doucement qu'ils se rapprochèrent pour bientôt m'encercler complètement. Ignorant quoi faire, voyant leur yeux plein d'attente et d'espérance, il me vint une idée : les officiels que j'avais entendus disaient qu'ils s'appelaient les Sans-Noms, je leur demandai donc comment ils s'appelaient.

– Comme ils ne nous ont pas donné de noms, reprit l'homme, nous nous sommes nous-mêmes définis en fonction de nos personnalités, de notre caractère ou de notre physique. Moi, je m'appelle Yeux Perçants, je te présente Grand Malin, Gros Dur, Boucle Jaune…

Il me nomma un par un tous les membres de cette communauté avec le même soin et la même attention pour chacun. Il avait la même fierté à me présenter chaque personne et les liens qui les unissaient paraissaient très forts, ils savaient pourquoi ils étaient là et acceptaient leur sort, n'ayant jamais connu autre chose que le S22, le Secteur 22. Une fois les présentations faites, Yeux Perçants m'invita à le suivre dans un coin de la cour.

– C'est le seul endroit où ils ne peuvent ni nous voir ni nous entendre avec leurs appareils, nous pourrons discuter librement.

Je passai ainsi toute la matinée à les découvrir, ils avaient tous des personnalités attachantes et leur franchise tranchait avec les faux-semblants de Al Prime. Je me sentais tout à coup privilégié de pouvoir aller et venir, d'avoir la possibilité de voir autre chose que ces murs gris abandonnés. Je ne m'étais pas trompé, en les aidant, je m'aidais aussi. Je pense même qu'ils m'apportaient plus que ce que moi je leur donnais, la force avec laquelle ils vivaient dans cet endroit lugubre forçait mon admiration. Ainsi, je m'attachai très rapidement à eux et une confiance réciproque s'installa entre nous.

Et tandis que nous bavardions, une sirène retentit.

– C'est l'heure de manger, Merlin ! me fit Ventre Mou.

Yeux Perçants poursuivit :

– Merlin, tu devineras facilement pourquoi on l'appelle comme cela, il ne fait que manger et ne pense qu'à manger. Depuis qu'il y a une nouvelle cuisinière qui nous prépare des plats succulents, il se réveille même la nuit pour penser à ce qu'il va manger le lendemain. Elle affiche tous les sept jours ce qu'on va manger, afin de rendre ce moment spécial.

Je les suivis donc dans une salle à part réservée aux repas, ce n'était pas neuf mais c'était propre et une odeur merveilleuse embaumait la pièce. Je m'assis avec eux pour attendre nos assiettes. Tandis que je discutais avec Perle Noire, une voix m'interpella :

– Bonjour, vous êtes nouveau ! Je m'appelle Zia et j'espère que vous allez aimer ce que j'ai cuisiné. Aujourd'hui, j'ai préparé ma spécialité !

Je relevai le regard pour observer la personne qui me parlait et demeurai sans voix. Son visage était lumineux et je restai là, à fixer ses yeux noirs écarquillés. Sans le savoir, elle venait d'allumer, en un instant, un feu sacré dans mon cœur.

8

LES SANS-NOMS, LE PILOTE ET LA PRINCESSE

C'était écrit, toi et moi, nous nous sommes compris

Plus forts que tout, plus puissants que nos ennemis

Je dévorai tout ce qu'elle m'avait donné à manger et mes compagnons firent de même. Je ne connaissais pas ce plat, il ne ressemblait à rien de ce que j'avais mangé auparavant. Assis dans une chaise hors d'âge au milieu d'une salle vétuste, je venais de déguster le meilleur repas de ma vie. Tandis que mes nouveaux amis sortaient pour regagner la cour, je m'empressai d'aller remercier la cuisinière pour ce merveilleux moment.

– Zia, c'était vraiment très bon ! Merci beaucoup pour le temps que vous avez passé à préparer ce plat… Je me présente, je m'appelle Merlin.

– Cela me fait très plaisir, Merlin, vous êtes le nouveau qui est venu s'occuper d'eux ? me demanda-t-elle avec un air malicieux.

– Oui, et j'en suis heureux. Ils sont très attachants, je suis ici avant tout pour les aider à surmonter leur enfermement. Je souhaitais leur apporter un peu de liberté alors que, finalement, ce sont eux qui m'en ont donné.

– C'est vrai que vous le faites sans être rémunéré ?

– Zia, on peut se tutoyer, non ? tentai-je. Et je ne le fais pas pour l'argent, juste pour moi et pour eux.

– C'est très noble de ta part ! Et oui, on peut se tutoyer, je ne suis pas habituée, mais je préfère aussi. Tu as l'air de quelqu'un de bien.

– Si tu le dis ! Et toi, comment es-tu arrivée là ? Je sais qu'ils sont très contents de ta cuisine, mais toi, cela te plaît de travailler ici ?

J'avais la sensation étrange de me parler à moi-même. J'avais le sentiment de comprendre tout ce qu'elle me disait avant qu'elle ne s'exprime, je percevais qu'il en était de même pour elle. Nos regards ne se quittaient pas, plus encore, nous ne voulions pas qu'ils se quittent. Un sentiment puissant et agréable m'envahissait en la regardant, le même que celui avec mes grands-parents, mais plus intense encore. Cela me consumait de l'intérieur et je ne savais pas comment gérer cette émotion… c'était donc cela, l'AMOUR ?

– Oui cela me plaît beaucoup ! Cela ne fait pas longtemps que je suis ici, j'ai été condamnée à travailler un certain temps et, finalement, je suis très heureuse qu'ils apprécient ma cuisine. Cette punition a été bénéfique pour moi, je me suis aussi attachée à eux.

J'étais plus captivé que jamais.

– Et pourquoi as-tu été condamnée ?

Je la scrutais au moment de lui poser cette question. Elle avait de longs cheveux noirs, sa peau était mate, et elle dégageait une joie de vivre communicative. Je me noyais dans ses grands yeux en amandes et mon attirance pour elle grandissait à chaque seconde. Je voulais rester là, à côté d'elle, je ne voulais que cela et rien d'autre. Le reste ne m'importait plus ; j'oubliais mes parents, AI Prime, le Code, et même les risques que nous prenions en faisant naître ces sentiments dans nos cœurs.

– On m'a ordonné de venir travailler ici parce que je n'arrive pas à contrôler mes émotions. J'ai beaucoup de rapports négatifs en ce sens, mon dossier AI Code est très mauvais et mes parents sont désespérés. Les autorités sont venues de nombreuses fois chez moi pour me réprimander et obliger mes parents à me faire maîtriser ces sentiments… Je pleure et je ris facilement, cela contrarie les autorités. Ils m'ont dit que si je ne changeais pas d'ici la fin de ma peine, ils allaient m'effacer. Cela me fait très peur et, même si elle est décédée, je pense tous les jours à ma grand-mère qui m'a élevée. L'idée de l'oublier à jamais me terrifie, j'ai tant de bons souvenirs avec elle, je sais que je ne peux pas contrôler mes émotions…

– Et quand se termine ta peine ?

– Demain… me répondit-elle, résignée.

– Ne t'en fais pas, Zia, tout va bien se passer, lui dis-je d'un ton rassurant.

– Je suis désolée de te raconter mes problèmes, tu n'y es pour rien, c'est de ma faute, je suis comme cela.

– Ne change rien à ce que tu es, je te trouve lumineuse et je ferai tout pour t'aider.

– Tu dis cela, mais tu ne feras rien, parce qu'on ne peut rien faire, c'est comme cela… affirma-t-elle dans un soupir amer.

– Si je te le dis, tu peux me croire, je ne laisserai personne te faire du mal, je ferai ce qu'il faut, rétorquai-je avec toute l'assurance possible.

– Je dois te laisser pour aller nettoyer la cuisine, ils m'appellent ! conclut-elle en reculant.

– Quand termines-tu ton travail ? lui demandai-je, empressé.

– Quand la nuit tombe, pourquoi ?

– On s'attend devant l'entrée ?

Elle sembla hésiter, bien qu'un sourire se dessinait subtilement sur ses lèvres. Elle haussa une épaule.

– D'accord, à tout à l'heure !

Pendant qu'elle s'éloignait de moi, je songeais à ma vie jusque-là. Je ne savais pas ce que je faisais dans ce monde, dans cette société, dans cette famille, ni à quoi je devais servir. Mon existence n'avait pas d'intérêt, je ne voyais aucune raison et aucune motivation à construire quoi que ce soit, mais après cet éclair, je sus exactement quelle était ma mission : aimer cet ange jusqu'à la fin de ma vie.

Rempli d'un feu nouveau, je partageais des moments merveilleux avec mes nouveaux compagnons. Ils étaient simples et rieurs, leur joie de vivre contrastait avec la tristesse des lieux. Je pris conscience à leur contact que la vie était ce qu'on en faisait, tout venait de l'intérieur. Ces personnages reniés, bannis et oubliés avaient fait de leur vie une joie parce qu'ils l'avaient voulu.

Les circonstances leur étant fortement défavorables au début de leur existence, cela me donnait de l'espoir pour le futur. Si eux, avec si peu d'opportunités, avaient pu créer leur monde dans cette cour grisâtre malgré les difficultés, je pouvais moi aussi réaliser ce que je voulais en puisant au fond de moi. Ma marge de manœuvre était réduite mais toujours plus importante que celle des Sans-Noms… moi, je pouvais aller et venir dans Al Prime.

L'agent qui m'avait reçu le matin vint me voir avant que je ne parte comme convenu.

– Merlin, je ne sais pas comment vous avez fait mais on ne les a pas entendus de toute la journée. Il n'y a pas eu d'incident à déplorer et on a pu rester dans nos bureaux sans être importunés par ces dégénérés. Vraiment, je dois vous remercier… Bien sûr, vous revenez demain, je suis certain de pouvoir vous obtenir un salaire pour cela.

Je savais comment les Sans-Noms étaient considérés, c'est même pour cela que j'avais voulu venir au Secteur 22. Je ne répondis pas à ces provocations, il était inutile de penser à le faire changer d'avis. Mieux, son ignorance me faisait de la peine. Je lui avais fait bonne impression, c'était ce qui m'importait, j'étais surtout heureux de pouvoir revenir les voir et rester le plus près possible de Zia.

Tandis que je sortais de cette prison, j'étais content de moi, fier d'avoir effectué une bonne action de façon désintéressée, ravi d'avoir rencontré ces personnes qui m'avaient gonflé d'espoir et insufflé de la vie dans mon existence monotone.

Une fois dehors, elle était là, m'attendant au loin, seule dans la brume, encore plus belle que la première fois. La tristesse sur son visage me toucha. Sans réfléchir, je la pris par la main, son visage s'illumina alors d'un sourire. Nous nous mîmes à marcher sur ce terrain désert devant le centre, sans savoir où nous allions. Ce n'était pas important, nous étions ensemble, il ne pouvait plus rien nous arriver de mal, nous avions vécu toute notre vie pour nous rencontrer.

– Je te ramène chez toi ? J'ai un Speedster, ajoutai-je, non sans fierté.

– Je veux bien, car en marchant avec toi, j'ai manqué le dernier transport et j'habite très loin… Tu es sûr que cela ne te dérange pas ?

– Zia, chez toi rien ne me dérange et tout me plaît… lui répondis-je en me rapprochant de son visage.

– Que fais-tu, Merlin ? me demanda-t-elle dans un mouvement de recul.

– Dans les livres de mon grand-père, quand deux personnes ont des sentiments, elles sont attirées par une force invisible qu'on appelle l'amour et, à force de se rapprocher, leurs lèvres se touchent. Ils disent que c'est une sensation très agréable.

Je n'avais pas même fini de parler que nos lèvres s'effleurèrent dans un moment de grâce. Nos regards se croisèrent et, à ce moment, nous ne faisions plus qu'UN.

Elle habitait très loin du centre et j'en profitais ; tous les instants auprès d'elle étaient un bien-être nouveau, je ne voulais plus que cela, et plus encore. Sur mon Speedster, nous parcourions Al Prime, moi dirigeant l'appareil et elle me tenant par la taille, collée juste derrière moi. J'aurais pu circuler ainsi toute la nuit, j'étais mieux là que nulle part ailleurs.

Ses parents habitaient la tour d'habitation deux mille deux cent vingt-deux et son appartement se trouvait au trois cent quarantième étage. Je la laissai partir sans gestes ni paroles car il y avait beaucoup de capteurs de sentiments. Nous nous saluâmes froidement pour ne pas éveiller les soupçons.

Depuis notre conception, nous connaissions trop bien, l'un et l'autre, les erreurs à ne pas commettre pour ne pas être sanctionné. Notre obligation de dissimuler nos émotions nous avait conduits à les refouler au point de les oublier jusqu'à ce jour.

Je rentrai chez mes parents à une heure tardive, sachant très bien que je devrais leur fournir des explications précises. Je pris le parti de leur dire la vérité sur le Secteur 22. J'avais un travail peu glorieux pour eux, mais c'était rémunéré et cela leur suffirait. Il faudrait, bien sûr, que j'occulte Zia, car elle représentait tout ce qu'ils ne voulaient pas : la joie, le bonheur et l'épanouissement pour moi.

Je venais de refermer la porte d'entrée de l'appartement lorsque ma mère m'agressa, avec mon père à ses côtés, comme toujours :

– Où étais-tu, Merlin ? Que faisais-tu ? Avec qui étais-tu ?

– J'ai trouvé un travail au Secteur 22, à la périphérie. Je termine tard et je ne pouvais pas arriver plus tôt, mon Speedster s'est arrêté plusieurs fois car il ne fonctionnait plus. Je suis désolé si vous vous êtes inquiétés.

– On n'était pas inquiets pour toi, nous étions inquiets pour nous ! Qu'est-ce que tu crois ? Tu crois qu'on n'allait jamais trouver tes maudits livres que t'a sûrement donnés mon père avec ses histoires de fou ? On t'a dit que tu finirais comme lui, à force de lire ces idioties, j'aurais dû m'en douter quand il t'a offert cette malle…

J'étais découvert, mis à nu. Je demeurai coupable, immobile et impuissant devant eux.

– Où avez-vous mis la malle et les livres ? leur demandai-je, inquiet.

– Où on l'a mise ? Ton père l'a emmenée avec les livres et a été tout brûler sur le terrain vague de tes grands-parents pour ne pas qu'on la voie. Tu imagines si les autorités avaient trouvé ça chez nous, nous aurions eu beaucoup de problèmes par ta faute ! Tu es vraiment la source de tous nos malheurs, on ne sait plus quoi faire, et maintenant tu nous mets nous aussi en danger… De toute façon, nous avons prévenu la Brigade de Répression des Sentiments en leur disant que ton comportement s'aggravait. On leur a demandé de venir te chercher pour t'emmener au centre d'effacement, on ne veut plus te voir dans notre appartement.

La haine et la colère de ma mère ne me touchaient plus depuis longtemps et le fait qu'ils souhaitent eux-mêmes mon effacement ne me surprenait pas non plus. Quant à la malle et aux livres, cela me faisait de la peine. En les voyant et en les touchant, je pouvais encore sentir mes grands-parents, me rappeler d'eux. Le savoir contenu dans ces livres, lui, était conservé dans ma tête. J'avais assimilé la plus grande partie et je ne les consultais plus que quand j'avais un doute.

Je demandai sans peur à mon père :

– Quand viennent-ils me chercher ?

– Demain soir, c'est le commandant Cortez lui-même qui viendra. Au moins, ensuite, on n'aura plus de problèmes avec toi, tu auras oublié tes grands-parents, leurs idées et tes envies de changement. Ainsi, on pourra vivre une vie tranquille, et tu reviendras sur le droit chemin.

Je restai silencieux une fois de plus, à écouter durant une éternité des inepties à mon sujet, des jugements sévères et des humiliations gratuites. Quand ils se fatiguèrent de me reprocher leur vie misérable, ils repartirent dans leur chambre et me laissèrent assis seul, comme d'habitude. J'étais soulagé de les entendre parler ainsi, je n'aurais rien à regretter en les quittant car tandis qu'ils parlaient, j'avais déjà pris ma décision : je partirai le lendemain. C'était la seule façon de me sauver moi, Zia et le lien qui nous unissait.

Personne ne l'avait jamais fait, mais je ne m'y arrêtais pas. Ma volonté et ma détermination étaient sans faille, il était temps que je mette à contribution mes capacités et mon intelligence, j'étais resté trop longtemps spectateur de ma vie, je devais en devenir acteur.

Cette nuit-là, je ne dormis pas. Je passai l'intégralité de mon temps à projeter notre évasion ; nos chances étaient minces mais il y avait une opportunité à saisir. Je décidai de partir avant le lever du jour, j'avais beaucoup de choses à faire et je ne voulais pas revoir mes parents. Ils prenaient leur chemin, je prenais le mien.

En quittant l'appartement ce matin-là, j'avais la conviction de faire ce qui était bien et la force nouvelle que je ressentais dans tout mon corps me donnait des ailes. Le doute n'existait pas, nous étions irrémédiablement attirés l'un à l'autre, rien ne pourrait contrarier cette évidence. Je ne savais pas comment, où et quand, mais nous étions voués à vivre proches l'un de l'autre, Zia et moi.

Les règles étaient contre nous, les autorités étaient contre nous, nos parents étaient contre nous mais nous étions tout l'un pour l'autre, cela nous suffirait. J'étais prêt à donner ma vie pour ce rêve, je n'aurais pas vécu sans croire en quelque chose et c'était en ELLE.

J'arrivai au Secteur 22, où l'agent responsable m'attendait de l'autre côté de la porte, trépignant d'impatience.

– J'avais peur que vous ne reveniez pas, je vous remercie d'accepter de travailler ici. Grâce à vous, nous aurons la paix, maintenant !

– C'est un grand honneur pour moi de venir ici, je suis très heureux de travailler avec vous. Je promets de vous donner satisfaction, les Sans-Noms ne vous causeront plus de problèmes, lui répondis-je le plus sincèrement possible.

– Très bien, très bien, Monsieur Merlin. Je dois vous dire une chose : je suis parvenu à vous faire rémunérer pour votre travail, mais je dois vous prévenir, je ne peux pas le faire officiellement en bonne et due forme, car vous ne devriez même pas être ici… Les civils sont interdits, je le fais de ma seule responsabilité. Je veux dire par là que vous devez être discret, sinon, je pourrais avoir de gros ennuis.

Je lui répondis d'un air complice.

– Ne vous inquiétez pas, je serai digne de votre confiance. J'ai trop besoin de cet emploi, personne ne saura que je travaille ici.

– Merci beaucoup, Monsieur Merlin.

– Puis-je vous demander une faveur ?

– Bien sûr ! me répondit-il enjoué.

– Je dois prévenir la cuisinière au sujet du repas de ce midi, elle a prévu un plat mais je crois que cela ne va pas leur convenir, puis-je me rendre aux cuisines ?

– Bien sûr, bien sûr, vous pouvez aller où vous voulez ici. J'ai donné des consignes, vous êtes libre de vos mouvements.

– Très bien, je vous remercie, mon travail en sera grandement facilité.

Je me rendis prestement aux cuisines pour voir Zia et la tenir informée de mon plan. Elle était seule, il n'y avait pas de capteurs et je pus lui parler librement.

– Comment vas-tu, Zia ?

– Je suis heureuse de te voir mais, en même temps, j'ai peur du moment où on va m'effacer...

– Moi aussi, je suis heureux de te revoir, mais tu ne dois pas avoir peur. Ensemble, il ne peut rien nous arriver.

Je la serrai contre moi du plus fort que je pouvais, je voulais la rassurer et, en même temps, sentir la chaleur de sa peau contre la mienne. Cet instant ralluma une petite flamme dans ses yeux tristes, nos regards se perdirent l'un dans l'autre et elle me donna la force d'aller jusqu'au bout de notre rêve.

– Nous allons nous évader de Al Prime... lui susurrai-je au creux de l'oreille.

– Quoi ? s'exclama-t-elle, le regard paniqué. Mais comment ? Ce n'est pas possible ! Tu es fou ! Les soldats, le mur, sans compter qu'il n'y a qu'une porte à Al Pprime... elle... elle est très bien gardée et ils ne l'ouvrent jamais... et puis la vie est impossible dehors, le milieu est hostile pour nous...

Je la contemplais avec tendresse.

– Tu veux qu'on reste ensemble ? demandai-je, posément.

– Oui, je le veux plus que tout, je te suivrai où te me diras d'aller.

– Alors fais-moi confiance, j'ai un plan. Nous allons sortir d'ici, tu sais où se trouve le centre d'énergie du complexe ?

Elle semblait reprendre ses esprits, son regard se fit vif.

– Il est au fond de la grande cour où se trouvent les bâtiments d'habitations, c'est une porte grise mais tu ne peux pas y aller. Il y a un garde derrière la porte qui surveille le système, que comptes-tu faire ?

– Ne t'inquiète pas, toi, tu prépares le meilleur et le plus copieux des repas et tu m'attends ici. Après ton service, tu te cacheras dans ce débarras, je viendrai te chercher au moment de partir, ça ira ?

– Que vas-tu faire ? insista-t-elle, l'air alarmé.

– Tu verras. Quoi que tu entendes, quoi qu'il se passe, attends-moi ici… d'accord ?

– D'accord Merlin, je te fais confiance.

Je m'éloignai des cuisines et me rapprochai du vieux hangar contenant le vieux vaisseau. Je voulais m'assurer qu'il était bien en état de voler. Il était obsolète mais d'une rapidité sans pareil, je l'avais vu en action dans des documentaires.

Les appareils en circulation étaient conçus pour de petits trajets au sein de Al Prime, je ne connaissais pas ceux que possédaient l'armée, mais je n'avais pas le choix du vaisseau. J'aurais peu de temps pour me familiariser avec son pilotage avant que des renforts n'arrivent. Une grosse voix retentit dans le hangar.

– Que faites-vous ici ?

C'était l'officier en chef, je tentai de jouer sur sa corde sensible.

– Ah, j'adore les vaisseaux et c'est la première fois que je peux en approcher un d'aussi près... Pardonnez mon audace mais je ne pouvais pas me retenir, ces appareils me fascinent.

– Il fallait le dire plus tôt, ça vous dirait de monter dedans ?

– Je n'aurais jamais osé vous le demander, c'est mon plus grand rêve ! m'enthousiasmai-je pour en rajouter une couche.

– Venez !

Il me fit la visite complète de l'appareil : comment il fonctionnait, quelle était la procédure pour démarrer les vieux moteurs et même où se trouvaient les équipements de survie. Je n'aurais pas rêvé meilleur guide, je le remerciai chaleureusement ; mon plan prenait forme.

Me laissant guider par mon cœur, les éléments se mettaient naturellement en place, mon grand-père appelait cela « la loi du moindre effort ». Je devais impérativement accéder au centre énergétique, il fallait faire diversion et, pour ça, je comptais sur mes nouveaux amis les Sans-Noms.

Ils m'attendaient avec autant d'impatience que l'officier responsable mais ma sincérité avec eux était totale. Je m'étais déjà attaché à eux en une journée et c'était réciproque, ils me prenaient comme j'étais et je les considérais de même. Après avoir bavardé et répondu à un certain nombre de questions sur la vie à l'extérieur, Al Prime et les autorités, ils avaient confiance en moi. Je demandai à Yeux Perçants un entretien privé dans la zone de la cour non surveillée par les capteurs. Dans un chuchotement, je commençai à lui faire part de mon projet.

– Quoi, tu veux t'évader avec la cuisinière dans un vieux vaisseau ? Sortir du centre ? Sortir de Al Prime et vivre au-delà du mur ? Ouah ! Toi, tu me plais !

– Oui, c'est ce que je veux plus que tout, peux-tu m'aider ?

– Et comment ! Si c'est pour jouer un mauvais tour à tous ces uniformes, on est tous partants !

– Merci ! Sans vous, je ne pourrais rien tenter… lui dis-je, soulagé.

– Comment peut-on t'aider ?

– Au coucher du soleil, je ferai en sorte que l'alimentation en énergie du centre soit complètement coupée pour qu'ils ne puissent rien voir, qu'ils n'activent pas leurs défenses et toutes les sécurités qui vont avec. Je dois retarder le moment où ils réaliseront que nous nous sommes évadés.

– Et ?

– Le centre d'alimentation se trouve au fond de votre cour, il faudrait faire suffisamment de bruit pour que le garde à l'intérieur ouvre sa porte blindée et sorte vous molester. Ensuite, ce sera à moi de jouer.

– C'est d'accord, quand tu nous feras signe, on fera ce qu'il faut. On connaît ce garde, il est particulièrement méchant avec nous, il nous frappe régulièrement… Demande à Doux Rêveur, il garde des traces de sa violence sur son crâne…

– Merci beaucoup à vous tous, vous prenez des risques et j'en suis conscient. Une dernière chose : maintenant, on va passer la journée normalement, sans excitation, je ne veux pas qu'ils se doutent de quoi que ce soit… et puis, j'allais oublier, Zia va préparer un repas spécial en votre honneur ! Mes amis, je ferai l'impossible pour vous délivrer aujourd'hui ou un autre jour, je ne vous abandonnerai pas.

– Merci beaucoup, Merlin, tu vas réussir, j'en suis sûr, m'assura Yeux Perçants.

Je passai le reste de la matinée à discuter avec eux, leur demandant ce qu'ils voudraient faire s'ils pouvaient sortir de là. Leurs raisonnements étaient censés, malgré les brimades, les humiliations et les violences, ils étaient plus libres que la plupart des habitants de Al Prime. Je prenais un plaisir non dissimulé à converser avec eux et je pense qu'ils ressentaient cette empathie.

Vint mon dernier repas avec mes amis, Ventre Mou me remercia une bonne dizaine de fois, ce qui ne manqua pas de faire rire toute l'assemblée. Je pris la parole devant tout le monde pour les remercier de leur présence, tandis que les surveillants nous regardaient. L'émotion était palpable, nous savions tous ce qui allait se passer et nous ignorions quand nous nous reverrions.

À ce moment, je compris que j'allais manquer à tous ces Sans-Noms, eux aussi me manqueraient. Au moment où j'avais trouvé de vrais amis, il me fallait les quitter.

Le moment fatidique arriva, j'étais confiant malgré tout ce qu'il me restait à accomplir, je savais ce que j'avais à faire et rien ne m'arrêterait. Le soleil déclinait déjà depuis une heure quand je fis signe à mes compagnons : je ne savais pas en quoi consistait la diversion mais je leur faisais entièrement confiance.

Ce qu'ils avaient prévu dépassa toutes mes espérances. En effet, après avoir entendu sept déflagrations, je vis les bâtiments d'habitation s'enflammer ; ils avaient également mis le feu à la porte du centre d'alimentation. Je me tenais dans le revers de la porte blindée quand le garde sortit paniqué, les yeux révulsés. Il était excédé et braqua son arme vers Perle Noire qui se trouvait à quelques mètres de lui.

Il n'eut pas le temps d'appuyer sur la détente que je lui assénai un coup derrière la tête, il lâcha son arme et tomba à terre. Vindicatif, il se releva très vite en titubant et tenta de sortir une autre arme de sa ceinture. Alors, sans réfléchir, dans un instinct de survie, je saisis l'arme tombée à terre, le mis en joue et appuyai sur la détente. Un éclair blanc jaillit de l'arme et atteignit le soldat qui tomba à terre, inerte.

Sans peur, je pénétrai dans le centre énergétique du Secteur 22 : c'était une grande pièce qui devait faire dix mètres de hauteur, il y avait des installations très sophistiquées. Je ne connaissais rien de cette technologie mais ce n'était pas important, je tirai avec mon arme qui possédait plusieurs fonctions, toutes plus destructrices les unes que les autres. La pièce prit feu de toutes parts quand une alarme se déclencha. J'arrêtai de tirer et sortis dans la cour, le centre énergétique brûlait et le reste du complexe était dans l'obscurité, hormis la cour enflammée.

Il fallait maintenant aller chercher Zia, la cuisine n'était pas loin mais il fallait traverser la cour avec les soldats qui commençaient certainement à se déployer. J'avais repéré le chemin à suivre et, en longeant le mur d'enceinte, je me glissai discrètement dans un passage étroit et débouchai dans l'arrière cuisine. Il n'y avait personne, ma seule peur était que Zia ne se trouve pas dans le petit débarras. Je commençai à entendre au loin des voix de soldats qui donnaient des ordres, il fallait faire attention. J'avais gardé mon arme et j'étais prêt à m'en servir. Zia m'attendait derrière la petite porte, ce fut un premier soulagement.

– Viens ! Suis-moi, Zia ! Reste derrière moi.

– J'ai peur Merlin, qu'est-ce qu'on va faire ?

– Il faut qu'on atteigne l'ancien hangar avec le vaisseau à l'intérieur.

Je la pris par la main et commençai à me diriger vers la sortie.

– Je sais où il est mais si on passe par le couloir principal, il y aura sûrement beaucoup de soldats... Il existe un autre chemin pour les éviter, suis-moi, Merlin...

Elle connaissait mieux l'endroit que moi, je lui faisais confiance. Je ne sais pas comment elle arrivait à s'orienter dans le noir mais j'étais impressionné par sa lucidité, compte tenu de la situation. Je crois qu'elle voulait elle aussi s'enfuir de cet enfer, et c'est avec la même force intérieure que je ressentais depuis notre rencontre qu'elle nous guida à travers le centre pour arriver enfin dans le hangar.

Le vaisseau était là mais nous n'étions pas seuls, la même voix que j'avais entendue le matin s'esclaffa cyniquement :

– Je savais que je ne pouvais pas vous faire confiance, Monsieur Merlin. J'ai bien consulté votre dossier AI Code, je vous surveillais de près et quand j'ai entendu les explosions, j'ai compris. Les renforts sont en route, vous n'irez nulle part alors mettez-vous face contre terre, je vais m'amuser un peu avec vous avant que les autres n'arrivent.

Tandis que je tentais de le localiser dans le hangar, je le vis qui se dirigeait vers nous. Il s'était caché derrière l'un des pieds du vaisseau, une grosse caisse se trouvait entre nous mais il n'avait pas vu que je portais une arme.

– Depuis le temps que je veux éliminer cette vermine et que je ne le peux pas ! s'écria-t-il, survolté. On nous interdit de les tuer, mais avec vous, c'est différent. Je n'aurai qu'à dire que vous vouliez vous enfuir en prenant le vaisseau et que j'ai été obligé de vous tirer dessus...

Je ne lui laissai pas le temps de s'approcher, je dégainai mon arme et lui tirai une décharge dans la poitrine. Il fut éjecté en arrière et termina sa chute sur une pile d'outils qui se trouvaient là. Sans attendre, je laissai mon arme au sol et entrai dans le vaisseau avec Zia. Je parvins à rassembler mes esprits pour reproduire à l'identique la procédure de démarrage de l'engin hors d'âge. Zia s'assit à côté de moi sur le siège du copilote tandis que j'utilisais toutes mes capacités afin de faire décoller l'appareil. Mis à part la longue procédure de lancement, les commandes étaient les mêmes que sur mon simulateur, le plus dur serait de sortir de ce hangar.

Quand je réussis finalement à faire démarrer l'engin, les soldats firent irruption dans le hangar et tirèrent immédiatement des coups de feu dans notre direction. J'activai alors le bouclier de protection, le temps de trouver les commandes des armes. Une fois localisées, je fis feu dans leur direction, d'abord pour éviter qu'ils n'abîment le vaisseau, et ensuite en direction de l'énorme porte coulissante qui s'ouvrait sur l'extérieur. Le fracas fut tel que je songeai une fraction de seconde que le bâtiment allait s'écrouler sur nous. Quand la fumée se dispersa, il n'y avait plus personne et la porte s'était écroulée sur la piste d'envol.

Je stabilisai l'appareil à quelques mètres du sol pour manœuvrer et me retrouvai dehors dans la nuit étoilée, nous y étions presque et mon cœur battait la chamade. J'élevai peu à peu le vaisseau verticalement pour prendre de l'altitude quand j'aperçus l'ensemble du complexe : le Secteur 22 brûlait de toutes parts. Je pus apercevoir mes complices s'enfuir par un bout de mur qui s'était effondré. Derrière eux, les soldats tiraient sans relâche.

Je redescendis dans leur direction pour couvrir leur évasion en tirant sur tout ce qui se présentait à moi : soldats, véhicules, robots et, une fois que j'eus tout détruit pour assurer leur sécurité, je mis toute la puissance pour m'élever aussi haut que possible, afin de franchir le mur et m'éloigner de ce chaos.

Le vaisseau était très maniable et nous arrivâmes bientôt au-dessus du mur, prêts à sortir de Al Prime. Ensuite, je plongeai de l'autre côté en prenant le plus de vitesse possible, les chasseurs de l'armée ne tarderaient pas à nous poursuivre et je voulais éviter la confrontation avec ces engins de dernière génération.

Tous feux éteints, je fonçais dans la nuit avec ma dulcinée au ras d'une forêt infinie, à la seule lueur de la lune, je me sentais invincible. Tandis que nous foncions à toute allure, l'ordinateur de bord m'indiqua que l'atmosphère était propice à la vie et qu'il ne détectait aucune menace dans l'air.

– Tu vois, Zia, l'atmosphère est viable. Ils nous mentent depuis notre conception. Quand je n'aurai presque plus de combustible, je chercherai un endroit pour atterrir, nous pourrons vivre heureux, loin de toute cette folie.

Tandis que le jour se levait, l'alarme de combustible retentit, la forêt avait fait place à une immense étendue d'eau. J'allais faire demi-tour, en direction du continent, quand j'aperçus au loin une petite île. En nous approchant, nous pûmes constater qu'elle semblait parfaite pour nous : une vallée au centre était entourée d'une chaîne de montagnes enneigées en forme de cercle, un ruisseau qui serpentait le long nous assurerait de l'eau douce. Je posai donc le vaisseau dans un coin isolé de la vallée afin qu'il ne soit pas visible. Après avoir sorti le matériel de survie, je mis feu à l'engin : personne ne devait nous retrouver.

Les jours et les semaines suivantes ne furent qu'amour et bonheur, nous avions découvert une petite cabane dans un arbre, au bord du ruisseau, havre de paix abritant notre amour interdit.

9

ET L'OISEAU PRIT SON ENVOL

Toujours, je reviens vers toi, tel l'aigle, je plane, je vole

Je suis ton preux chevalier, je suis ton héros

Les ailes d'or accrochées dans le dos, je tombais comme une pierre à pleine vitesse le long de la falaise. Je voyais le sol se rapprocher et, si je devais mourir, ce serait en pensant à Zia et à tous les moments partagés ensemble, à notre enfant et à notre amour. Puis, en un éclair, je sentis les ailes se charger d'une énergie inconnue et, du même coup, faire corps avec moi. Je voulais voler et c'est ce qui se produisit, je volais tel le perroquet qui m'avait réveillé au-dessus de la mare aux crocodiles. Puis, ma trajectoire verticale s'arrondit brutalement pour me faire planer très rapidement au-dessus de la forêt.

Je repris de la hauteur pour m'éloigner du sol et je compris rapidement que ces ailes répondaient à la moindre de mes volontés. Une fois l'appréhension disparue, je fis un demi-tour pour remonter vers le sommet de la falaise et voir Iduski afin de le rassurer. Il était là, à me faire de grands signes, je me rapprochai pour le survoler, lui, ainsi que la Cité Perdue.

– Homme Oiseau, tu es bien l'homme oiseau, vole vers ton destin, Merlin !

Je lui répondis en m'éloignant :

– Prends soin de toi et des tiens Iduski, nous nous reverrons, mon ami !

Volant à toute vitesse, je ne pus bientôt plus le distinguer. L'immense pic rocheux ne paraissait plus si imposant, la technologie utilisée par ces ailes était d'une efficacité remarquable. La sensibilité à ma volonté rendait le vol naturel autant que s'il avait fallu courir le long d'un chemin ; je voulais aller à gauche et j'allais à gauche dans l'instant. Cette maniabilité allait me servir au moment d'atteindre Al Prime. Compte tenu de leur fonctionnement à l'aide du soleil, ces ailes ne pouvaient s'utiliser que de jour et cela rendrait mon arrivée plus exposée, donc plus dangereuse.

Pour rester invisible à leur capteur, je devais voler en rasant la forêt le plus bas possible, quitte à serpenter entre les cimes des arbres. À l'approche du mur, je devrais prendre le plus de vitesse possible pour remonter à sa verticale, le franchir et trouver un endroit désert de l'autre côté pour atterrir. Ma chance était qu'Al Prime se souciait principalement de ce qu'il y a avait à l'intérieur de ses murs, l'extérieur ne l'intéressait pas. Mieux, elle l'ignorait.

Mon approche se déroula comme prévu ; je franchis le mur aisément. Tout en redescendant vers le sol, j'aperçus au loin les ruines noircies du Secteur 22 avec son immense terrain désertique autour. Il n'y avait plus que la grande tour de guet qui restait debout, au milieu des bâtiments en cendres. Je me remémorai avec nostalgie de notre évasion destructrice, avec Zia à bord du vaisseau volé, mais je ne savais pas ce qu'il était advenu de mes compagnons les Sans-Noms…

Peut-être avaient-ils réussi à s'échapper et à gagner un endroit de la ville non surveillé ? Peut-être avaient-ils été recapturés par les soldats ? Si c'était le cas, que leur avait-on fait ? Je me rappelais surtout qu'avec Zia, ce furent nos premiers instants de liberté et mon cœur commençait à battre très fort juste à l'idée de la serrer à nouveau dans mes bras.

Le soleil déclinait au fur et à mesure que je pénétrais dans Al Prime, les nuages sombres produits par l'activité de la cité faisaient office de bouclier dans cette grisaille monotone. Je sentais la puissance de mes ailes décliner en même temps que diminuait la luminosité. Le Secteur 22 m'offrirait un refuge sûr pour dissimuler mes ailes et passer la nuit. Je ne savais pas où Zia se trouvait, je ne savais pas comment je pourrais la délivrer ni par quel moyen nous pourrions nous enfuir. Je m'étais déjà évadé deux fois de l'Al Prime et les autorités avaient sûrement renforcé la sécurité. Ce que je savais, c'est que je ne pouvais pas vivre plus longtemps loin d'elle, même si ce n'était que pour un instant, cela en valait la peine.

En entrant dans les ruines, je repensais avec émotion à mes valeureux compagnons. Ils ne connaissaient rien de moi, n'avaient aucun intérêt à m'aider dans cette évasion, mais ils avaient fait l'impossible pour que je parvienne à mes fins. Leur dévouement ne devait pas être vain, je devais être digne de leur sacrifice, tout comme je devais me montrer digne de la tribu Awas, d'Iduski, de Viracotcha.

Plus la nuit avançait, plus le projet de fuite avec ma dulcinée me paraissait futile au regard des intérêts en jeu. Al Prime se mourait et se déshumanisait au fil du temps, ses habitants ne vivaient plus que pour la servir, les ressources s'épuisaient. L'eau, élément essentiel, empoisonnait les êtres vivants à l'intérieur et à l'extérieur du mur. La civilisation de Al Prime existait au détriment des hommes et de la nature. Les mentalités devaient changer, il fallait un remède à toute cette misère, ce serait l'amour et je serais son messager. Encore une fois, j'avais toujours été spectateur de ma vie, je devais tenter de changer les choses et arrêter d'attendre que les autres le fassent pour moi.

Mon projet de fuite avec Zia se transforma rapidement en projet de changer la société, la vie était restée trop longtemps en sommeil à Al Prime. Les habitants avaient oublié pourquoi ils étaient là, pourquoi ils vivaient. Ils devaient savoir, pour moi, pour Zia, et pour l'enfant qu'elle portait. Ce serait la première naissance naturelle depuis des temps immémoriaux, les hommes avaient oublié de s'aimer, oublié de donner et oublié de vivre. Je retrouverais Zia, qui mettrait bientôt au monde notre enfant, et ensuite je la présenterais à Al Prime… Peut-être que la population se réveillerait ainsi.

Je dormis dans un lit de fortune débusqué dans les ruines. Au petit matin, je réussis à trouver quelques rations de survie délaissées dans des placards épargnés par le feu, au fond de la cuisine. Je devais reprendre des forces avant de retourner au cœur de Al Prime. Je me rappelais où se trouvait le centre du pouvoir, le temps me manquerait si je devais m'y rendre à pied : il se trouvait à plus de deux mille kilomètres. Je devais absolument trouver un moyen de transport pour m'y rendre, je repensai alors à mon Speedster que j'avais volontairement garé loin, à l'extérieur du centre, derrière un vieux baraquement.

Il me fallut deux heures pour le retrouver, l'incendie avait changé la typologie des lieux et je ne reconnaissais plus rien. Personne n'y avait touché, il était là, à m'attendre, avec suffisamment d'énergie pour regagner le cœur de Al Prime. En recherchant de la nourriture le matin même, j'étais miraculeusement tombé sur une arme chargée, prête à l'emploi. J'en aurais certainement besoin pour me défendre au moment de délivrer Zia.

Je la glissai dans ma ceinture et me mis en route. Je n'avais aucune idée de l'endroit où elle se trouvait mais je savais qui pourrait me renseigner à coup sûr : le commandant de la brigade de répression des sentiments, Cortez. Je savais où se trouvait leur quartier général, c'était risqué mais je n'avais rien à perdre. J'étais recherché par les autorités, j'avais aimé, tué et détruit… autant de raisons de m'abattre dès qu'ils me verraient. Mon seul avantage était qu'ils ignoraient ma présence au sein de la cité.

En me rapprochant à pleine vitesse du quartier général de la BDS, je pus observer la terre qui m'avait vu grandir : les bâtiments étaient gris, le ciel était gris, les habitants étaient gris, il n'y avait aucun animal et aucune plante verte. Rien n'avait changé. Si ce n'était pour Zia, les Sans-Noms et l'eau empoisonnée, je ne serais jamais revenu. Comment avais-je pu grandir ici ? Tout était terne, sans vie et sans lumière. Ce que j'avais vécu avec Zia et les Awas, même de manière brève, m'avait rempli de force, de vitalité et d'espoir.

Après avoir volé des vêtements dans un magasin pour me fondre dans la foule, je m'approchai de l'entrée du quartier général. Je pris la précaution de mettre un chapeau assez ample pour que les capteurs ne puissent pas reconnaître mon visage. J'étais fiché et recherché, je n'aurais le droit qu'à une seule chance. Je m'installai dans un recoin pour pouvoir guetter les personnes qui entraient et sortaient sans susciter l'attention des passants. Je me méfiais surtout des êtres autonomes, véritables mouchards du pouvoir et pierres angulaires de leur répression.

Après des heures d'attente, je le vis sortir nonchalamment. Cortez, le commandant de cette unité, dévoué à son travail comme personne, incarnant à lui seul la déshumanisation de cette société, se dirigeait vers une tour parking où devait se trouver son véhicule. J'attendis un peu plus et le vis sortir à bord de son Speedster. L'endroit était trop surveillé, le plan était de le suivre jusqu'à une zone sans capteurs. À ce moment-là, je pourrais aviser.

Je le suivais à bonne distance depuis une heure quand je l'aperçus s'arrêter dans une petite boutique. C'était mon opportunité : je garai mon Speedster précipitamment, courus vers la boutique et entrai arme à la main.

– Personne ne bouge ! Tout le monde lève les mains ou je tire. Je n'ai rien à perdre, exécution !

Cortez se tenait là, devant moi, fier, arrogant et sans peur. Le gérant du magasin, lui, était livide. Il ne s'était jamais fait attaquer car les crimes n'existaient pas à Al Prime, la paix régnait depuis des lustres. Je le rassurai.

– Ne vous inquiétez pas, je ne vous ferai aucun mal, c'est lui que je veux. Tranquillisez-vous et asseyez-vous sur cette chaise pendant que je parle avec Monsieur Cortez.

Cortez me fixa de son air le plus désinvolte et le plus méprisant.

– Monsieur Merlin, je dois avouer que j'ai fait une erreur avec vous. J'aurais dû vous envoyer au Secteur 22 dès votre naissance. Les concepteurs m'avaient dit que vous génèreriez des problèmes. Votre potentiel élevé vous a épargné mais, maintenant, rien ne vous sauvera.

– Arrêtez de parler, Cortez, je n'ai pas de temps à perdre. Déshabillez-vous entièrement et échangez vos vêtements avec monsieur ici présent. Faites-le délicatement, je sais que vous avez des émetteurs dans vos manches, alors pas de mouvement brusque !

– Sinon quoi, Merlin ? Vous allez tirer ? Vous n'en êtes pas capable.

Cortez mit son bras en mouvement pour activer l'émetteur et appeler du renfort, il n'en eut pas l'occasion. Je tirai en prenant soin de viser sa main ; il devait être vivant pour me dire où se trouvait Zia. Il hurla si fort de douleur que le boutiquier s'évanouit.

– Êtes-vous fou ???! Ma main !! Elle est perdue…

J'eus une soudaine envie de le tutoyer pour creuser l'ascendant que je venais de prendre sur lui.

– Tu ne m'écoutes pas, Cortez. Maintenant, j'espère que tu vas te concentrer… je te l'ai dit, je suis prêt à tout, même à mettre le feu à Al Prime, s'il le faut. Reste tranquille et tu vivras !

– D'accord, d'accord… mais ne tire plus, s'il te plaît ! me tutoya-t-il à son tour, l'air désemparé.

Une fois les habits échangés, je fis rasseoir le gérant du magasin sur sa chaise et pris mon air le plus noir.

– Écoute-moi, je te laisse la vie sauve pour l'instant, mais si tu préviens la police, les soldats ou les autorités, je reviendrai. Je vous tuerai tous : toi, ta famille et tous tes amis. C'est bien clair ?

Le gérant me fixa en hochant de la tête et en avalant péniblement sa salive. Il s'agissait de lui faire le plus peur possible, je n'allais pas le tuer, ni l'emmener. Il devait rester ici, muet, le temps que je délivre ma dulcinée. Blanc et apeuré, il ne pouvait qu'acquiescer.

Je m'approchai de Cortez avec l'arme pointée vers sa tête.

– Cortez, on va sortir calmement, monter sur mon Speedster et aller dans un endroit tranquille. Si tu esquisses l'ombre d'un mouvement inadapté, ce n'est pas ta main que je viserai, mais ta tête. On est d'accord ?

L'homme belliqueux et méprisant avait laissé place à un enfant terrifié. En perdant son pouvoir, son arme et son uniforme, il n'était plus rien qu'un petit être inoffensif et inconsistant. Il puisait sa force du pouvoir qu'il exerçait sur les autres ainsi que de la peur qu'il inspirait, mais moi, je n'avais plus peur. Son pouvoir n'avait plus aucune prise sur mon esprit, j'étais libre et invincible, comme me l'avait dit mon grand-père.

Après avoir regagné mon Speedster, je m'installai derrière lui, le laissant piloter avec sa main valide, de façon à continuer de le menacer avec mon arme. Je ne devais pas relâcher mon attention, car son âme de soldat pouvait se réveiller à chaque instant, je ne devais prendre aucun risque.

Je le guidai jusqu'au Secteur 22 sans que les capteurs ou les êtres autonomes ne nous repèrent. Une fois arrivés, nous étions à l'abri pour pouvoir parler librement. Je l'installai contre un poteau dans la tour de guet, l'attachai solidement avec des cordes trouvées sur place, puis je m'agenouillai pour me mettre à son niveau. Je pris mon air le plus intimidant.

– Maintenant, dis-moi où elle est.

– Si je te le dis, ils m'effaceront ! Je ne peux pas te le dire ! me répondit-il en larmes.

– Si tu ne dis rien, je vais t'effacer définitivement et très lentement, Cortez. C'est ça que tu veux ? Tu me dis ce que je veux savoir et moi je te laisse ici, attaché mais vivant. C'est honnête, non ?

Il hésita mais il voyait la détermination dans mes yeux et sentait que je disais vrai. Il savait que j'avais mis à feu et à sang le Secteur 22 pour m'évader avec Zia. Je lui avais même tiré dessus. Alors, c'est résigné qu'il céda.

– Elle se trouve au sommet de la tour Prime, au dernier étage, mais tu ne pourras jamais l'atteindre. La tour est gardée de haut en bas, les allées et venues sont contrôlées. Elle est trop dangereuse pour les autorités, personne ne doit la voir ni savoir qu'elle existe. Officiellement, vous êtes décédés dans un accident en tentant de vous échapper. Rends-toi et peut être qu'ils ne t'élimineront pas. Crois-moi, je sais ce que tu veux faire mais c'est impossible, tu ne pourras pas la délivrer, ni même la voir. C'est fini, Merlin.

Il venait de me confirmer que ma dulcinée était en vie, là, quelque part. C'était un soulagement incroyable car j'avais jusque là soigneusement écarté les pires scénarios possibles dans un recoin de mon esprit.

– Ça, c'est à moi d'en juger, Cortez. Maintenant, tu vas rester là. Je vais te donner à manger et à boire pour que tu puisses tenir le plus longtemps possible. Après, je m'en irai.

– Mais t'en aller où ? Comment ? Tu es seul et tu n'as rien !

– Je suis un fils du soleil, Cortez, rien ne m'est impossible.

Cortez se recroquevilla et se tut. Il ne comprenait pas d'où venait cette foi inébranlable qu'il voyait briller dans mes yeux. Il s'interrogeait lui-même sur sa vie, son sens, et prenait peut-être conscience qu'il était possible de vivre autrement. Après le soldat froid et implacable, puis l'enfant démuni, il ressemblait désormais à un homme perdu dans ses certitudes, ne sachant pas s'il devait hurler, pleurer ou se repentir.

Je restai assis devant lui pour réfléchir au moyen d'atteindre le dernier étage de cette tour. Au bout d'un certain temps, Cortez me donna sans le savoir la solution.

– Merlin, il n'y a pas de soleil à Al Prime. Avec tous les nuages toxiques qu'il y a au-dessus de notre tête, avant qu'on ne voie le soleil, il faudrait stopper toutes les installations. Un fils du soleil sans soleil, quelle bêtise…

– Cortez, tu es un génie, merci ! m'exclamai-je.

En un éclair, je me souvins des paroles de Viracotcha : « En l'appelant avec ton cœur, ressens sa douce chaleur et il t'apparaîtra. Il brille en toi comme en tous les hommes, il les éclaire et les enveloppe ».

S'il l'avait dit, c'est que c'était possible. Si j'avais véritablement le pouvoir de faire apparaître le soleil, j'avais aussi le pouvoir de faire fonctionner les ailes d'or. La tour de guet qui devait faire soixante-dix mètres de haut était l'endroit idéal pour activer mes ailes. Ensuite, il me resterait à atteindre la Tour Prime sans me faire repérer et je pourrais enfin revoir mon amour, mon seul amour.

Il n'y avait pas de temps à perdre, je m'empressai d'aller chercher les ailes que j'avais cachées sous de vieux draps, au milieu des ruines, pour me rendre immédiatement au sommet de la tour de guet. Quand je passai devant lui, avec mes ailes en or, Cortez se décomposa et resta muet. Je m'emparai de son transmetteur universel qui me permettrait de propager mon message à travers toute la cité, en diffusant mes paroles simultanément sur tous les médias.

Une fois arrivé en haut, je relus la procédure d'activation des ailes inscrite sur le harnais.

Appuyez sur le soleil

Levez les bras vers le soleil

Placez-vous sur le soleil

Tombez comme la pierre

J'appuyai sur le soleil gravé dans le harnais, les sangles se replièrent instantanément sur elles-mêmes. Il fallait ensuite que je fasse apparaître le soleil. Je fermai les yeux et me concentrai sur les propos de Viracotcha :« En l'appelant avec ton cœur… ».

Rien n'y faisait, je me concentrais encore et encore, méditais à nouveau sur les paroles du shaman mais rien. La grisaille persistait et les ailes restaient immobiles. Je m'assis dans un coin de la plateforme du guet pour reprendre mes esprits, faire le vide et trouver la solution.

Je ne savais pas comment procéder, Viracotcha n'était pas là, personne ne pouvait m'aider et les minutes passaient. Je me sentais impuissant et ignorant, perdu en haut de cette tour désuète, songeant à ma seule certitude : Zia.

Je me levai, comme en transe en pensant à elle, à sa présence, à sa douceur, et levai les bras vers le ciel sombre. Là, sous mes yeux, l'incroyable se produisit : les nuages s'ouvrirent pour laisser place à un soleil magnifique. Dans le même temps, les ailes vinrent se fixer à mon dos en s'ajustant parfaitement.

Mes ailes dans le dos, mon arme à la main, je fus quand même pris d'un doute avant de poursuivre la procédure car dans les indications gravées sur le harnais, il était précisé de se placer sur le soleil avant de se laisser tomber comme une pierre. Peut-être n'était-il possible de les faire fonctionner que depuis la Cité Perdue. En pensant fortement à ce que j'avais à accomplir, mes doutes se dissipèrent, elles fonctionneraient car ma cause était juste. De toute façon, je n'avais pas d'autre alternative.

Alors, sans hésitation et éclairé par le soleil, je sautai dans le vide. Les ailes s'activèrent instantanément, sûrement parce que le sol était proche. J'arrondis ma chute et commençai à m'élever en effectuant des cercles au-dessus du Secteur 22. Je ne vis bientôt plus qu'un point et, en arrivant presque à la hauteur du mur, je stabilisai mon vol. Mon plan était simple, je survolerais d'abord la cité pour repérer la Tour Prime. Ensuite, je volerais en piqué vers le dernier étage et tirerais avec mon arme sur les vitres pour passer à travers.

La sensation de légèreté était fantastique, je volais comme l'aigle au-dessus de la jungle. Mon esprit était focalisé sur la recherche de cette tour, je scrutais l'immense ville en survolant ses constructions, défiant la gravité. Je ne connaissais pas cet édifice mais je savais que c'était le plus haut de Al Prime. Je ne tardai pas à le repérer, à l'horizon, rouge et noir, comme les couleurs du pouvoir en place. J'approchais du but.

Tandis que je volais droit en direction de l'objectif, j'aperçus des aéronefs venant dans ma direction. Ils m'avaient finalement détecté et leurs intentions étaient claires, ils voulaient m'abattre. Les tirs fusaient autour de moi dans toutes les directions et je ne pouvais pas rester à découvert dans leur ligne de mire, je piquai donc vers les tours en dessous de ma position pour éviter leurs tirs, en slalomant à travers la ville et ses édifices.

Ma technique avait fonctionné : ils ne tiraient plus, de peur de blesser des habitants. En revanche, ils me suivaient sans difficulté, en attendant la moindre erreur de ma part, comme foncer dans une tour. Je les sentais, le danger se rapprochait, je ne pouvais pas voler plus longtemps ainsi. La Tour Prime était face à moi, à quelques centaines de mètres, quand j'aperçus, sur ma droite, deux immenses bâtiments très proches l'un de l'autre. Ils étaient espacés de deux mètres, tout au plus. Je m'engageai alors à pleine vitesse en volant de biais, afin de me faufiler entre les deux parois et déboucher de l'autre côté.

Les aéronefs n'avaient pas pu me suivre car ils étaient trop gros, je profitai de ces quelques secondes de répit pour reprendre de l'altitude et atteindre le dernier étage. Tandis que j'apercevais les vaisseaux contourner les deux bâtiments pour se diriger vers moi, je décidai de foncer sur la Tour Prime. Les alarmes retentissaient, les tirs redoublaient et ma vitesse augmentait. Arrivé à portée de tir de la vitre du dernier étage, je décochai mes munitions les plus puissantes dans un fracas terrible.

J'eus juste temps de me mettre en boule pour me protéger, heurter la vitre et passer à travers la pièce en renversant tout sur mon passage. Je me relevai, légèrement sonné.

Elle était là.

Resplendissante et rayonnante, elle n'avait même pas eu peur, elle savait que c'était moi, elle savait que je viendrais la chercher, elle savait que nous serions à nouveau ensemble. Elle se jeta dans mes bras en enfouissant son visage dans le creux de mon cou.

– Merlin, j'ai eu si peur ! Ils m'ont dit qu'ils t'avaient éliminé, mais je ne les ai jamais crus… Maintenant, tu es là, qu'est-ce qu'on va faire ?

Nous nous étreignîmes de tout notre corps ; nous n'avions vécu et survécu que pour cela. Nous avions espéré ce moment depuis que les soldats nous avaient séparés au pied de la cabane en bois, dans la vallée enneigée.

Je profitai de cette étreinte merveilleuse quelques secondes de plus avant de me saisir du transmetteur universel de Cortez. J'invitai Zia à se mettre à mes côtés, les renforts envahiraient la pièce d'une minute à l'autre et nous avions peu de temps pour témoigner auprès de la population afin de tenter de changer les choses.

Je déclenchai le transmetteur pour nous diffuser en direct sur tous les médias officiels de Al Prime et pris la parole. J'activai la caméra en mode frontal pour que les spectateurs puissent voir nos visages.

– Habitants de Al Prime, bonjour. Je m'appelle Merlin et voici Zia. Nous sommes actuellement au sommet de la Tour Prime, nous nous aimons et avons conçu un enfant avec notre amour. Vous pouvez voir le ventre de Zia, il est arrondi et porte la vie. Vous n'avez jamais rien vu de semblable mais je peux vous assurer que c'est la plus jolie chose qui existe. Nous ne faisons rien de mal, nous nous aimons, mais les autorités ne veulent pas que vous nous voyiez, ni nous ni notre bonheur. Pire, ils sont prêts à nous effacer, voire à nous éliminer, pour que vous ne sachiez rien. Vous savez au fond de vous-même que la vie a disparu à Al Prime mais on peut faire autrement alors réveillez-vous. Prenez votre vie en mains, aimez-vous les uns les autres, aimez la nature, aimez le ciel, aimez la terre, aimez le soleil, aim…

La transmission fut coupée, certainement par les organes de diffusion. Au même moment, la porte de la pièce vola en éclats, des projectiles furent lancés dans toute la pièce, et un gaz épais s'en échappa instantanément.

– Bouche ton nez et ta bouche, ne respire surtout pas ! criai-je à Zia.

Trop tard, elle avait déjà perdu connaissance et je sombrai également quelques secondes plus tard.

Je repris connaissance et ouvris les yeux. Zia était juste à côté de moi, nous étions immobilisés par des liens, debout et adossés chacun à un appareil métallique inconnu. La pièce dans laquelle nous nous trouvions était éclairée de rouge et beaucoup de personnes s'affairaient autour de nous. Je reconnus immédiatement la pièce dans laquelle ils m'avaient implanté la pastille, des souvenirs amers et douloureux remontaient du fond de ma mémoire. Je me rappelai la torture précédant la pose de cet objet de malheur derrière ma tête, ainsi que la douleur affreuse les heures et les jours suivants.

Je m'inquiétai immédiatement de la santé de Zia :

– Comment vas-tu, mon amour ?

– Ça va, je n'ai rien, mais j'ai peur de ce qu'ils vont nous faire…

– Je suis désolé de t'avoir emmenée dans cet enfer…

– Ce n'est pas grave, quoi qu'il advienne, nous sommes ensemble pour l'éternité, Merlin. Je t'aime.

– Je t'aime aussi, Zia, tu es la plus belle chose qui soit arrivée dans ma vie et je ne regrette rien, je t'aime…

Un officier se rapprocha de nous en riant.

– Profitez-en bien car, dans quelques minutes, nous allons vous envoyer une décharge dans le cerveau qui vous tuera instantanément. La fête est finie.

L'idée de mourir ne me faisait pas peur, je craignais seulement de ne pas pouvoir aimer ma dulcinée davantage, de ne plus la voir. Je redoutais aussi la douleur physique qu'elle et le bébé allaient ressentir. J'aurais voulu qu'elle n'expérimente jamais la souffrance, je voulais simplement la rendre heureuse et vivre en paix dans un endroit calme.

Au moment où je baissais la tête, résigné à accepter mon sort funeste, l'ambiance se fit effervescente. Les officiers parlaient, les soldats affichaient des visages admiratifs, tout le monde se tournait vers un seul homme, le leader suprême de Al Prime, Olrik.

Il portait un uniforme noir et rouge, comme tous les officiels, son visage était serein et satisfait de nous voir ainsi ligotés. Je ne l'avais jamais vu d'aussi près. Mes parents m'avaient bien emmené à quelques-uns de ses discours publics, mais nous étions loin et cela ne m'intéressait pas. Il s'approcha de nous, glissant comme un serpent, pour nous parler.

– Vous nous avez créé beaucoup de problèmes, vous deux, mais c'est terminé maintenant. Je vous fais la faveur d'être diffusé une dernière fois en direct pour que tous les habitants de Al Prime voient ce qu'il en coûte de se comporter comme vous.

Son ton était froid, son regard vide et son plaisir non dissimulé. Il était inutile de lui répondre, il n'aurait pas compris ce que signifiaient les sentiments, l'amour ou le don de soi. Je me retournai instinctivement vers ma dulcinée.

– Zia, regarde-moi et ne quitte pas mon regard. Ils peuvent nous tuer mais notre amour est immortel. Regarde-moi jusqu'à la fin, Zia !

– Merlin, je t'aime ! dit-elle en pleurant, dans un ultime cri d'amour.

La diffusion commença et Olrik débuta son allocution.

– Habitants de AI Prime, voici les fauteurs de trouble, les individus qui sèment la peur et la mort dans notre belle cité. Ils ont voulu renverser notre magnifique civilisation mais nous ne les laisserons pas faire. Je me porte garant de votre sécurité et de votre bien-être. Ils ont trahi le Code AI , il ont trahi AI Prime. C'est la première fois que je prononce une peine de mort, mais c'est aussi la première fois que des individus bravent toutes les valeurs essentielles de notre cité, l'ordre et la loi. Ils doivent mourir et, pour que nous puissions retrouver la sérénité, je vous offre leur exécution.

Un des officiers s'approcha du bouton rouge, il était fébrile et nerveux. Olrik l'invectiva :

– Officier, exécution !

L'homme resta immobile face au bouton rouge. Olrik s'emporta :

– Il n'y a personne pour appliquer la sentence et appuyer sur ce maudit bouton ?!

Personne dans la pièce ne bougea, personne ne semblait vouloir appuyer sur ce bouton. La responsabilité était grande, il s'agissait d'ôter deux vies, plus une dont tout le monde ignorait l'origine. Nous leur avions parlé d'amour et notre discours avait certainement résonné en eux comme en tous les habitants de la cité. Olrik s'impatientait.

– Bon, comme personne ne veut prendre cette responsabilité, je vais le faire, bande d'incapables !

Il appuya brutalement sur le bouton rouge qui s'enfonça dans un bruit sec.

10

L'EFFACEMENT

De tout ton amour, tu m'as emmené là-haut

Mon cœur prisonnier, j'ai quitté leur triste geôle

– Zia ! Zia ! Ils nous ont retrouvés ! Ils sont là, sous la cabane !

Tandis qu'elle sortait péniblement de son lourd sommeil, je regardais, impuissant, les soldats marcher dans la neige immaculée. Ils se rapprochaient méthodiquement de l'arbre où notre cabane était perchée… L'issue était inévitable : ils nous ramèneraient à Al Prime et nous sépareraient. Nous avions voulu vivre notre amour loin de ce désert affectif mais les autorités avaient d'autres projets pour nous deux. J'ouvris la trappe pour leur permettre d'entrer dans la cabane et éviter ainsi toute violence, je ne voulais pas que Zia et le bébé soient blessés durant l'assaut.

– Vous pouvez entrer, nous ne sommes pas armés et nous ne nous défendrons pas. Faites surtout attention à elle, elle peut à peine marcher et le poids de l'enfant qu'elle porte dans son ventre la ralentit dans tous ses mouvements. Faites attention, je vous en conjure.

– J'ai peur, Merlin, que vont-ils nous faire ? Je veux rester avec toi !

– Ne t'inquiète pas, je ferai l'impossible pour toi. Laisse-toi emmener par les soldats, je serai toujours avec toi et tu seras toujours dans mon cœur. Nous ne resterons pas longtemps séparés, crois-moi sur parole.

Trois soldats vêtus de noir de la tête aux pieds entrèrent autoritairement par la trappe du plancher, prêts à utiliser leurs armes, tendus et rivés sur leur objectif. À la vue du ventre de Zia, leur langage corporel changea du tout au tout : ils baissèrent leurs armes et se regardèrent sans savoir quoi faire. La vue d'une simple femme enceinte avait désarmé trois valeureux militaires.

Après de longues secondes de tergiversations, ils demandèrent du renfort pour les aider à sortir délicatement ma dulcinée de la cabane perchée. Je ne reçus pas le même traitement, ils me saisirent violemment, me ligotèrent et m'expédièrent dans l'un des deux vaisseaux qui avaient atterri au bord de la rivière. Avant de rentrer, je pus simplement apercevoir Zia allongée sur un lit dans le deuxième appareil.

La séparation avait été aussi brutale qu'inattendue. J'ignorais comment ils nous avaient retrouvés, j'avais dû oublier un élément dans mon évasion… Le résultat était catastrophique ; nous étions chacun dans un vaisseau en direction de Al Prime. Ils allaient certainement m'effacer mais j'ignorais le sort qu'ils réserveraient à Zia. Elle représentait la douceur, la volupté et la grâce, l'opposé de la civilisation de Al Prime.

Enfermé dans un compartiment de l'aéronef, des larmes coulèrent de plus en plus abondamment sur mon visage, à la seule idée de penser qu'une fois effacé, j'aurais oublié son regard, son odeur et nos souvenirs. Elle était tout pour moi, le début et la fin de ma vie. Je ne pouvais rien imaginer et rien concevoir sans elle à mes côtés. Je me demandais comment continuer à vivre sans ma moitié, le reste de mon existence ne serait que vide et désolation.

Lorsque les spasmes de ma douleur cessèrent pour faire place à un état apathique, je sentis le vaisseau entamer sa descente vers Al Prime et le centre d'effacement.

J'étais résigné et abattu, ils m'avaient pris mon trésor, ma raison de vivre. Après mes grands-parents, après ma malle de livres, ils avaient décidé de m'effacer. La mort serait plus douce que cette souffrance perpétuelle. À cet instant, j'aurais voulu qu'ils en finissent définitivement avec ma vie. Le vaisseau se posa brutalement et, curieusement, cela ranima au fond de moi la flamme de l'espoir sous forme de colère.

Qui étaient ces personnes qui prenaient le pouvoir sur ma vie ? Qui étaient ces gens qui décidaient de ce qui était bon et ce qui ne l'était pas ? Nous voulions simplement nous aimer, rien de plus, rien de moins. Où était la faute ? L'erreur ? Un sentiment d'injustice bouillait au plus profond de moi et irradiait l'intérieur de mon corps. Je me consumais et sentais mon corps s'enflammer comme une torche, ils avaient pris la vie dans mon cœur et je ne l'acceptais pas, je ne voulais pas l'accepter. L'espoir d'être, un jour, à nouveau ensemble animait cette colère… je comptais bien me battre.

La porte de la pièce sombre dans laquelle je ruminais ma colère et mon espoir s'ouvrit, je reconnus Cortez, le chef de la brigade de répression des sentiments.

– Bonjour, Monsieur Merlin. Cela n'a pas été facile, mais nous vous avons retrouvé. Maintenant, je vais m'occuper personnellement de vous. Cela ne va pas vous plaire, ce ne sera pas agréable et cela ne se passera pas vite, mais je vais y prendre un plaisir fou.

Je restai muet devant tant de cynisme et décidai désormais de réserver toutes mes forces à l'idée de m'échapper, c'était mon seul espoir.

Il ajouta :

– Alors, vous ne répondez plus, Monsieur Merlin ? Vous avez perdu votre orgueil en route ? Je vous fais peur, peut-être ?

Son arrogance était insupportable, je ne pus m'empêcher de lui répondre :

– Je n'ai pas peur de vous, je suis un homme libre. J'ai peur de votre ignorance et de votre façon d'obéir sans réfléchir. Quand je vous regarde, je ne vois rien, vous êtes vide...

Je n'eus pas même le temps de terminer ma réponse qu'il m'asséna un coup de bâton magnétique sur la tête, je perdis instantanément conscience. Lorsque je repris connaissance, j'étais allongé sur le ventre dans une petite pièce, la lumière était rouge et j'étais seul. Je devais être surélevé sur un genre de table car je voyais le sol à travers un trou maintenant ma tête. Il y avait une odeur de produit chimique, cette pièce respirait la souffrance. C'était donc ça, l'effacement. Trois personnes entrèrent dans la salle lugubre pour se positionner autour de moi, à travers le trou je reconnus les bottes de Cortez.

– Ça y est, Monsieur Merlin, nous y sommes. Nous allons procéder à l'effacement de votre mémoire. J'aurais dû vous conduire ici depuis bien longtemps. Pourtant, vos parents ont fait ce qu'il fallait pour vous remettre dans le droit chemin mais, avec vous, c'était peine perdue. Vous avez de la chance, l'élimination est toujours interdite, même si avec vous… nous pourrions faire une exception. Avant de vous implanter la pastille d'inhibition de la mémoire des sentiments, nous allons procéder à quelques tests afin de comprendre d'où vient la force de vos sentiments. Cela pourra nous servir afin de mieux contrôler les débordements de nos concitoyens. Prenez-le donc comme un cadeau offert à la science et à AI Prime.

– Vous n'avez pas le droit de faire ça ! m'écriai-je, effrayé.

– C'est vrai que je n'en ai pas le droit, Monsieur Merlin, mais il n'y a aucune raison de rendre cette procédure officielle. Je suis consciencieux dans mon travail et je veux comprendre votre fonctionnement si particulier. Merci d'avance.

Il quitta la pièce et me laissa avec les deux autres, beaucoup moins zélés mais tout aussi ignorants.

– Nous allons vous injecter un produit dans le cerveau pour obtenir une vision d'ensemble de toutes vos fonctions cérébrales, toutes vos émotions et toute singularité existante. Ce sera douloureux mais vous allez rester conscient. C'est un produit expérimental, serrez ce bâton entre vos dents pour ne pas vous couper la langue.

Tandis que la seconde personne ajustait la sangle qui maintenait ma tête immobile, je me résolus à serrer le bâton entre mes dents. Puis, je sentis l'aiguille pénétrer l'arrière de ma tête et le produit se répandre dans mon cerveau. Je ne peux décrire une telle douleur, c'était insupportable mais je ne perdis pas connaissance. Le produit maintenait mes fonctions cérébrales actives et c'était le but : voir comment mon cerveau réagissait.

Je ne savais combien de temps cela avait duré... une heure, deux heures ? Cette douleur était extrême mais elle n'était pas aussi douloureuse que l'idée de perdre ma dulcinée. Cela m'avait même permis, pendant ce temps, de ne plus penser à elle, ce qui était un soulagement au regard du vide créé dans mon cœur.

Quand ils eurent fini, ils appelèrent Cortez qui fit irruption dans la salle de torture quelques minutes plus tard.

– Alors, voyons ce que vous pouvez me dire : d'où lui vient cette tare ?

– Commandant Cortez, on... on n'a ri... rien trouvé... bégaya le soldat. Le seul détail physiologique différent qu'il possède est une particularité génétique de son sang.

– Et ? s'impatienta Cortez.

– Son sang possède la particularité d'être plus ou moins fluide selon son environnement. Cela n'explique rien sur son comportement, mais cela pourrait interférer lors de la pose de la pastille derrière la tête.

– Pourquoi ?

– Son sang s'adapte en fonction de ses besoins, c'est-à-dire que son organisme est susceptible de lutter contre les ondes de la pastille, en épaississant son sang.

– Blablabla, vous ne m'avez rien appris… il n'a rien de spécial, trancha froidement Cortez. C'est juste une erreur, un défaut. Maintenant, vous faites comme pour les autres, vous lui implantez une pastille et vous le relâchez immédiatement. Il sera enfin prêt à vivre au rythme du Code de AI Prime. Bonne journée, messieurs.

– Mais les ondes de la pastille peuvent être inhibées pendant quelques heures, Commandant.

– La technologie est au point, n'est-ce pas ? Dans une minute ou dans cinq heures, elle fera bien effet, non ?

– De façon certaine, oui, Commandant.

– Alors exécution ! Effacez-le moi ! J'ai assez vu sa tête de fou.

Sur ces paroles, les deux scientifiques m'incrustèrent la pastille à l'arrière du crâne, attendirent quelques minutes et détachèrent les sangles pour me faire asseoir.

– Comment vous sentez vous, Monsieur Merlin ? Vous vous rappelez de ce qui vous est arrivé ?

J'étais circonspect : je me souvenais de tout mais eux pensaient que j'avais tout oublié, alors je feignis l'amnésie pour observer leur réaction.

– Que s'est-il passé ? Où sommes-nous ? C'est étrange, je sais que je m'appelle Merlin, je sais où j'habite mais il y a plein de trous dans ma mémoire ! J'ai terriblement mal à la tête... Pouvez-vous m'expliquer pourquoi je me sens aussi confus ?

J'obervai des sourires satisfaits.

– C'est normal, Monsieur Merlin, vous avez été un peu malade. Nous avons fait quelques analyses puis nous vous avons injecté un sérum. Vous pouvez rentrer chez vous, maintenant, vous êtes de nouveau en pleine santé.

Sur ces mots, un soldat entra dans la pièce pour me conduire vers la sortie débouchant sur un couloir étroit. Après quelques minutes à déambuler dans le sinistre bâtiment, le soldat ouvrit une petite porte et me fit signe de sortir. Derrière, se trouvait une grande artère de Al Prime que je reconnaissais. J'étais libre.

D'après ce que j'avais compris, la particularité de mon sang allait ralentir les effets de la pastille, donc je n'avais que quelques heures tout au plus devant moi avant de tout oublier. Je calculai toutes les probabilités, toutes les éventualités et toutes les opportunités quand je me souvins des paroles de mon grand-père au creux de mon cœur : « Si un jour, nous ne sommes plus là, ta grand-mère et moi, que tout s'est écroulé autour de toi, et que tu n'as plus d'option à Al Prime, va voir sous l'arbre mort au fond du jardin, au pied du grand mur... »

Je ne savais pas ce qu'il y avait sous cet arbre, mais si mon grand-père avait prononcé ces paroles, c'est qu'il s'agissait de quelque chose d'important. J'entrepris donc de me rendre sur leur terrain pour découvrir mon dernier espoir de revoir ma dulcinée un jour. Mes grands-parents avaient été enlevés, effacés et mis au banc de Al Prime. Ma Zia était enfermée je ne sais où et mes souvenirs allaient disparaître d'un moment à l'autre, il n'y avait que l'amour qui me faisait tenir debout.

Je n'avais aucun moyen de me déplacer, ni véhicule, ni moyen de paiement… et la route était longue jusqu'à chez mes grands-parents, au moins deux milles kilomètres. Je pensai à voler un véhicule mais la zone était infestée de capteurs et d'êtres autonomes, je n'aurais pas le temps de le voler que des soldats me rattraperaient de suite.

J'étais là, au milieu de cette grande artère, avec les habitants qui allaient et venaient comme des robots. Je me sentais étranger à cette civilisation depuis que j'avais passé ces quelques mois avec Zia dans notre cabane perchée… La vie paraissait si fade dans cette cité pleine de grisaille.

J'étais sans solution avec mon espoir, quand je vis une petite fille traverser la route devant moi. Visiblement, elle ne se rendait pas compte du lieu où elle se trouvait, elle semblait appeler et chercher quelqu'un. Sur ma gauche, six rangées de véhicules fonçaient dans sa direction à toute vitesse, ils n'auraient pas le temps de freiner, sa vie était en jeu… Alors, fendant la foule immobile, je me précipitai sur la petite et l'agrippai de toutes mes forces pour m'empresser de la sortir de la zone de danger. Des véhicules me rasèrent sans avoir ralenti tandis que des passants me dévisageaient car, à Al Prime, chacun ne s'occupait toujours que de soi.

– Comment vas-tu, petite ? Tu n'as rien ? lui demandai-je à bout de souffle.

Elle semblait apeurée.

– Ça va, Monsieur, je n'ai rien… mais pourquoi m'avez-vous attrapée aussi brutalement ?

– Les véhicules allaient t'écraser, petite, sur la route… Tu ne les as pas vus ?

Je la fixais droit dans les yeux, mais quelque chose était différent dans son regard.

– Je ne vois rien, je suis aveugle depuis ma conception… mais si tu m'as sauvée, merci. Je m'appelle Lucrecia et toi ?

– Je m'appelle Merlin, tu es toute seule ?

– Non, j'étais avec mon papa, il était à côté de moi et, ensuite, je ne l'entendais plus, alors je l'ai cherché et c'est là que tu m'as vue sur la route.

Tout en parlant avec elle, encore blottie dans mes bras, je vis un homme non loin de là hurler son prénom « Lucrecia ! Lucrecia ! » Je lui fis signe de venir dans ma direction et son visage s'illumina au moment de retrouver la petite :

– Tu es là, chérie ! Je t'ai cherchée partout, j'ai eu très peur… Un soldat m'a arrêté pour contrôler mon identité et, quand j'ai regardé autour de moi quelques secondes plus tard, tu n'étais plus là !

– C'est grâce à Merlin, papa, j'étais sur la route au milieu des véhicules et il m'a sauvée de l'accident en me prenant dans ses bras. Il est très courageux.

Le père me jeta un regard de soulagement teinté de gratitude.

– Merci, Monsieur Merlin, je ne devrais pas le dire, car c'est mal vu, mais cette petite est ce que j'ai de plus cher au monde… Merci vraiment !

– Je vous en prie, Monsieur, vous auriez fait la même chose. Elle n'a rien, c'est le principal.

Je m'apprêtais à repartir quand le père s'adressa de nouveau à moi.

– Merlin, si je peux faire quoi que ce soit pour vous remercier, je le ferai.

Je n'avais besoin que d'une chose…

– C'est sûrement trop pour vous et je comprendrais que vous refusiez mais j'ai besoin qu'on me conduise dans un endroit très éloigné d'ici, à la bordure du mur, et je n'ai aucun moyen de locomotion.

– Dîtes-moi où, je suis votre obligé. S'il vous plaît, laissez-moi vous rendre ce service.

– Vous me sauvez la vie… lui dis-je le cœur empli de joie.

– Vous avez sauvé ma fille, c'est à mon tour de vous aider, maintenant.

Il me fit monter dans un véhicule luxueux stationné non loin de là. Après qu'il m'ait à nouveau remercié, je lui indiquai où je voulais me rendre. Nous entamâmes une discussion au sujet de sa fille, elle était non-voyante de naissance et c'était la première fois que je rencontrais une personne avec une telle particularité.

– Monsieur…

– Appelle-moi Deen, s'il te plaît, Merlin.

– Très bien, Deen, excuse-moi de te poser la question ainsi mais…

– Pourquoi j'ai accepté de garder Lucrecia à sa conception alors qu'elle était non-voyante ? Pourquoi je ne l'ai pas refusée à la livraison ? C'est ça que tu veux me demander ?

– Heu oui… murmurai-je, gêné.

– C'est normal que tu me poses la question, cela ne me gêne pas du tout, au contraire. Je suis très fier de le dire même si ce n'est pas un sujet que j'aborde en dehors de la maison. Je vois que tu es différent et je n'aurai pas de problème avec toi… C'est mal vu, c'est même interdit d'éprouver des sentiments comme cela, mais je l'aime, cette petite, et c'est ce que j'ai de plus cher dans ma vie. Elle ne voit pas avec ses yeux, mais elle voit avec son cœur, elle m'apporte tellement. Les scientifiques m'ont dit qu'ils allaient la garder et qu'ils étaient désolés pour le résultat de la conception, mais quand j'ai vu son visage pour la première fois, mon cœur a su pourquoi il était à Al Prime. Je leur ai dit que j'avais payé et que j'étais en droit de la ramener chez moi. Ils ont ri mais ils me l'ont donnée. Avec mon épouse, nous sommes rentrés chez nous et notre vie s'est illuminée, elle est fantastique.

– Mais comment faites-vous avec la brigade de répression des sentiments, les capteurs, les êtres autonomes… comment et pourquoi ils ne vous détectent pas ?

– Nous avons appris à ne ressentir l'amour que chez nous, à l'intérieur de la maison. Nous maîtrisons nos émotions quand nous sortons du foyer, l'apprentissage a été difficile mais c'était cela ou l'effacement et la séparation.

– Je suis impressionné devant une telle maîtrise. Si j'avais connu cette technique, mes grands-parents seraient toujours avec moi…

– Que leur est-il arrivé ?

– Ils m'ont exprimé leur amour et les autorités sont venues les chercher. Depuis, je ne sais pas où ils se trouvent…

– Ce qu'ils font, c'est qu'ils effacent les sentiments pour maintenir leur emprise sur la population, conclut Dean avec un regard sombre.

Tandis que je parlais à cœur ouvert avec cet homme, je regardais la petite Lucrecia. C'est vrai qu'elle avait quelque chose : ses traits fins et ses boucles blondes me rappelaient les petits angelots en bois du bureau de mon grand-père. Elle dégageait une énergie particulière, j'étais touché devant l'affection qui unissait ces deux êtres, je n'étais donc pas le seul à remettre en cause les règles de l'AI Code. La répression était dure, la surveillance était constante et la menace permanente, AI Prime se démenait pour contrôler nos corps, mais elle ne parvenait pas totalement à contrôler nos esprits.

Le mur se rapprochait à grande vitesse et j'arrivais bientôt à destination quand je m'adressai une ultime fois à Deen :

– Vous devez être très fier de vous et de votre famille, je suis de tout cœur avec vous. Je vous souhaite le meilleur et suis très heureux d'avoir pu rencontrer des gens comme vous, cela me réchauffe le cœur. Vous pouvez me déposer ici, je ferai le reste du chemin à pied, on ne peut pas aller plus loin avec votre véhicule, il n'y a plus de route ensuite.

– Nous aussi sommes très heureux de t'avoir connu Merlin, je ne sais pas ce que tu viens faire ici, dans cet endroit perdu, mais c'est quelque chose de bien, j'en suis certain. Tu es quelqu'un de bon, nous te souhaitons aussi le meilleur.

Après ces émouvants adieux, je retrouvai le terrain vague de mes grands-parents. Rien n'avait changé, les ruines noircies étaient toujours là, le mur paraissait toujours toucher le ciel et je me rappelais avec tristesse notre dernière étreinte.

Je progressai vers le fond du jardin quand une douleur terrible se déclencha au milieu de la tête, la souffrance était si forte qu'elle me fit mettre un genou à terre. Je compris immédiatement que c'était dû à mon implant derrière la tête.

Il était évident qu'il ne me restait plus beaucoup de temps avant que son effet soit total et que je ne me souvienne plus de rien. Ensuite, je retournerais tel un robot chez mes parents ou ailleurs et reprendrais la vie monotone de Al Prime, sans émotions et sans cœur. Je préférais encore la mort.

Je me relevai péniblement et repérai rapidement le vieil arbre mort au fond du jardin. Il était pétrifié par toute la grisaille du ciel et s'était arrêté de pousser à ma hauteur.

Je me rappelai, à cet instant, tous les arbres magnifiques de la vallée perdue avec tous ces fruits, ces fleurs, ces oiseaux. Les dirigeants de cette cité prétendaient vouloir notre bonheur, à la fois en nous interdisant de nous aimer et en nous coupant de la nature… c'était absurde. L'homme existait pour vivre en osmose avec la nature et en harmonie avec ses semblables. Les êtres humains étaient tels une forêt, chaque arbre semblait *identique* à l'autre mais était pourtant *unique*.

Je retrouvai une pelle sans âge abandonnée par terre et vérifiai bien que personne n'était aux abords du terrain, avant de commencer à creuser à côté de l'arbre. Mon grand-père m'avait dit « en dessous », mais les racines étaient trop profondes pour arracher l'arbre. Mes maux de tête ralentissaient mon travail, et je devais faire des pauses pour ne pas m'évanouir de douleur.

Je suais, tremblais mais continuais de creuser, ma dernière chance se trouvait là-dessous. Même absent, mon grand-père ne cessait de m'aider à croire et à espérer une vie meilleure.

J'avais enlevé cinquante centimètres de terre noircie quand la pelle heurta quelque chose de plus dur. Je découvris une trappe en bois et compris qu'il devait s'agir d'un accès à une pièce souteraine.

J'ouvris doucement le pan en bois vers le haut et constatai qu'il y avait une échelle qui descendait dans le sol. Je me mis à descendre, pas à pas, la lumière blafarde du ciel gris éclairant la pièce. Mon grand-père avait construit une salle enterrée de six mètres sur six. J'y trouvai un mélange de vieux objets que je n'avais jamais vus, de statues, de peintures, de livres et, au milieu, une énorme caisse en bois de deux mètres sur deux.

C'est elle qui avait retenu le plus mon attention : des barres étaient fixées dessus comme pour mimer la charpente d'une petite cabane. À l'intérieur, se trouvait une énorme toile pliée soigneusement. Un bout de papier trônait dessus.

« Bonjour Merlin, si tu lis cette lettre, c'est que je ne suis plus là pour te parler et t'expliquer, alors je vais tenter de le faire brièvement. J'ai construit cet appareil selon des plans que j'ai retrouvés dans un vieux livre. Il te permettra, si tu le souhaites, de quitter Al Prime par les airs. C'est une montgolfière, un moyen de transport utilisé il y a très très longtemps par nos ancêtres. Tu dois d'abord attendre que la nuit tombe, ensuite, sortir la grosse caisse en t'aidant des cordes laissées juste à côté, puis la poser au milieu du jardin. Ensuite, déplie la toile sur le sol et fixe-la à la caisse à l'aide des filins. Installe la capsule d'air chaud en haut des barres métalliques, c'est elle qui te permettra de gonfler la toile comme un ballon. Elle est très concentrée et devrait avoir une autonomie de quelques heures. Libère doucement l'air chaud et remplis progressivement la toile. Une fois en suspension dans l'air, ajuste le débit d'air chaud pour t'élever jusqu'en haut du mur. Bon voyage, notre guerrier de l'amour ! »

Je pleurai à la lecture de ces mots. Ils me manquaient tant, tous les deux… J'allais donc m'enfuir une fois de plus de Al Prime.

J'avais un mal de tête insupportable, risquais de devenir amnésique d'un instant à l'autre mais je savais qu'en restant à Al Prime, ma vie était perdue. Mon salut viendrait de l'extérieur de cette cité ou il ne viendrait pas du tout. J'étais prêt à mourir pour le rêve de tenir une fois de plus Zia entre mes bras.

Je suivis les instructions de mon grand-père à la lettre afin d'installer cet appareil insolite dans le jardin mais j'y parvins non sans mal. Il faisait nuit, l'échelle était usée par le temps, la caisse pesait très lourd et je ne supportais plus cette souffrance dans mon crâne, je voulais que tout cela cesse.

Dans le même temps, je sentais ma tête partir, mon esprit était de plus en plus flou, je ne savais déjà plus comment j'étais arrivé chez mes grands-parents. Il était temps de partir avant que leur technologie ne me tue, effaçant mon amour de ma mémoire, me faisant prisonnier à jamais de leur civilisation.

Je refermai la grande trappe, la recouvrai de terre et tassai le tout pour qu'il ne subsiste aucune trace de mon passage. Je montai ensuite à bord de mon engin du passé, la toile était gonflée d'air chaud. Tandis qu'elle se tendait peu à peu, la caisse se mit à bouger... C'était magique, comme tout ce que faisait mon grand-père. Debout à l'intérieur, je libérais de plus en plus d'air chaud contenu dans la capsule et ressentis une sensation de légèreté au moment où la caisse se décolla du sol.

Je flottais en l'air et c'était très doux.

Je remerciai mes grands-parents pour ce cadeau en distinguant les lumières de Al Prime au loin. La cité tentaculaire s'offrait à mes yeux, au fur et à mesure que je m'élevais dans les airs. C'était étrange, le silence était absolu, il n'y avait que la libération d'air chaud qui troublait le calme de cette caisse.

Plus je montais le long du mur et plus je réalisais la monstruosité de cette cité. Tous ses habitants y étaient concentrés, serrés et agglutinés. Elle s'étendait à perte de vue, même en arrivant au sommet du mur de deux kilomètres de haut, je ne pouvais pas voir autre chose qu'un tapis de lumière. C'est avec impatience que j'attendais de le franchir pour quitter cet endroit qui m'avait vu naître et grandir.

Au moment de passer de l'autre côté du mur, je ne pus m'empêcher de penser à Zia que je laissais derrière moi, seule avec notre enfant.

Notre amour serait le plus fort et il était impossible pour moi de penser que je ne reviendrais pas la libérer. Notre lien serait suffisamment puissant pour dépasser tous les obstacles.

Les vents étaient favorables, ils me poussaient vers l'extérieur de Al Prime. De l'autre côté du mur, l'obscurité régnait, on ne voyait rien que du noir, à tel point qu'au bout de quelques minutes, je n'avais aucune idée de la hauteur à laquelle je me trouvais. Je dus libérer beaucoup d'air chaud pour prendre de l'altitude et passai la nuit à surveiller ma position en vérifiant régulièrement que personne ne m'avait suivi. Les pièces de l'appareil étant en bois et en tissu, elles devaient être indétectables aux capteurs de l'armée. Je voyais au loin les lumières de la cité. Ma tête se ramollissait de minute en minute, je devenais fou de douleur à cause de mon mal de tête.

L'aube se levait et, depuis mon frêle engin, je ne voyais plus que le mur rétrécir à l'horizon. Une fois le jour installé, de gros nuages noirs se formèrent au-dessus de la montgolfière, un vent fort se leva et la pluie se mit à tomber dru. Mon embarcation commençait à tanguer dangereusement au milieu des éléments déchaînés. J'étais bousculé d'un côté à l'autre de la caisse. Plusieurs fois, je manquai de passer par-dessus bord. La pluie redoubla bientôt et je me sentis en danger.

Le froid et l'eau calmaient mon mal de tête, mais le vent malmenait le ballon, les filins se tendaient à l'extrême. Par précaution, je pris soin d'attacher solidement mon pied à une sangle de la caisse, je n'avais pas terminé de faire le nœud qu'un éclair transperça le ballon, celui-ci explosa dans le même temps et la déflagration m'éjecta de la caisse.

Tandis que je tombais attaché à la montgolfière par la sangle en direction de la forêt, ma dernière pensée fut pour Zia, ma douce.

11

L'AMOUR COMME ARME

Orgueilleux et méprisants, ils nous ont mordus

L'amour a jailli tel un volcan destructeur

Olrik resta la main appuyée sur le gros bouton rouge en nous fixant. Il attendait que la décharge électrique atteigne nos cerveaux.

Mais rien.

Zia et moi restions là, mélangeant aussi bien nos regards que notre amour à travers nos yeux. Nous restions à profiter l'un de l'autre jusqu'à la fin, je ne l'avais jamais vue aussi belle et courageuse qu'à ce moment-là. Même devant la mort qui nous regardait, elle n'avait pas baissé les yeux. Nous restions unis, amoureux et soudés. Nous nous étions aimés, c'était l'essentiel, nous avions eu la chance de connaître ces moments de grâce et nous ne regrettions rien.

Olrik tonna :

– Pourquoi sont-ils toujours vivants ? Officiers, au rapport ! Coupez la retransmission ! Exécution !

Les lumières de la pièce donnèrent des signes de faiblesse, elles se coupaient et se rallumaient instantanément. Des alarmes se déclenchaient et les machines qui nous retenaient prisonniers commencèrent à vibrer bizarrement. C'était toute l'installation électrique qui défaillait, Olrik était hors de lui...

– Officiers, au rapport, tout de suite ! Que se passe-t-il ? Nous avons des générateurs de secours dans tous les bâtiments alors rétablissez l'alimentation immédiatement ou je vous efface tous dans l'heure qui suit !

Trois officiers paniquaient sur leurs appareils dans l'espoir de rétablir les sources d'énergie et pour détecter d'où venait la panne. Ils se concertèrent brièvement puis s'approchèrent, penauds, de leur chef.

– Leader suprême Olrik, l'incident ne vient pas de nous... Il semble qu'un virus entame nos moyens de communication, il détruit aussi tous nos centres énergétiques en s'attaquant à la base de notre système. Cela ne concerne pas seulement ce bâtiment mais tout Al Prime. Ce qui est sûr, c'est que l'épicentre se trouve sur la machine où sont attachés les deux condamnés à mort. Maintenant, il se propage à une vitesse fulgurante. Dans quelques minutes, il aura probablement détruit toute trace de la technologie acquise depuis deux mille cycles, nous ne pouvons rien faire et...

Il n'eut pas l'occasion de terminer sa phrase car la lumière venait définitivement de disparaître de la pièce. Nos entraves se rétractèrent à l'intérieur de l'appareil, nous rendant soudainement libres de nos mouvements.

J'attrapai immédiatement Zia par main et lui susurrai à l'oreille :

– Suis-moi, il faut vite qu'on parte d'ici. Je connais cet endroit, je sais comment sortir !

Sans peur et sans doutes, Zia me suivit. Elle avait entièrement confiance en moi.

Nous longeâmes les parois de la pièce de torture pour éviter de heurter des soldats. On ne voyait rien, il faisait un noir absolu et tout le monde paniquait. Tandis qu'Olrik hurlait sa fureur, nous parvînmes à atteindre la porte. Je me souvenais parfaitement du chemin à suivre pour déboucher sur la grande artère, dehors.

J'avais, depuis ma conception, la chance de posséder une mémoire visuelle exceptionnelle, et c'est après quelques bousculades que la sortie se profila devant nous, la lumière du jour éclairant la sortie dérobée du bâtiment. Dehors, c'était le chaos le plus total : les véhicules étaient arrêtés au milieu de la route, des gens hagards passaient devant nous, les êtres autonomes se reconnaissaient encore plus facilement qu'avant au motif qu'ils étaient figés, debout, au milieu de la foule ébahie.

Un homme m'interpella, paniqué :

– Monsieur, vous êtes l'homme que j'ai vu dans les médias ? Vous parliez avec une femme au gros ventre… Vous deviez mourir, je ne comprends rien… Je viens de me souvenir de ma vie avant qu'on ne me pose une pastille derrière la tête, pourquoi je ne m'en souviens que maintenant ? Vous pouvez me répondre ? S'il vous plaît ; répondez-moi, je ne comprends rien !

Dans ce chaos, je pris le temps de lui répondre.

– Je suppose que le système s'est écroulé, toutes les sources d'énergie sont détruites, tous les moyens de communication sont hors d'usage. La pastille qu'on vous a implantée vous rendait amnésique, et maintenant que tous les circuits électroniques sont hors-service, votre mémoire est revenue car l'implant est devenu inactif. Alors, rejoignez votre famille ! Vous devez vous souvenir où ils habitent, n'est-ce pas ?

– Oui, je me souviens, merci Merlin !

Ils étaient une masse informe à se réveiller d'un long sommeil dans lequel les avaient plongés le pouvoir et ses excès. On pouvait les voir perdus, interrogatifs et soulagés, ils marchaient dans la rue sans bien comprendre ce qu'ils faisaient là, mais certainement en se souvenant des êtres qui leur étaient chers. Les soldats eux-mêmes posaient leurs armes inutiles par terre, et une atmosphère de soulagement envahissait la cité.

Tandis que nous marchions pour nous éloigner du bâtiment de répression des sentiments, je me demandais où aller et que faire, Zia ne tarderait pas à accoucher au milieu de ce chaos et ce n'était pas ce que je souhaitais pour elle. Il fallait que je trouve quelqu'un qui sache de quoi il retournait, comment le bébé sortirait, comment s'en occuper. C'était l'inconnue la plus totale et personne ne connaissait ces choses-là, personne sauf une... ma grand-mère.

Elle m'en avait parlé lors d'une discussion tandis que nous arrosions les légumes de son jardin. Je ne sais pas comment elle savait mais elle m'avait raconté comment les femmes donnaient la vie auparavant. Ce moment à la fois douloureux et magique dans la vie d'une maman, cet instant où le bébé sort du ventre et que la rencontre s'effectue pour la première fois. Cet amour inconditionnel et infini qui s'exprime dans la conception d'un être vivant, sa chair, son sang, son cœur... « C'est un merveilleux acte d'amour », me disait-elle.

Je devais donc retrouver mes grands-parents, leurs pastilles et leur prison devaient être désactivées aussi. Leur première idée serait de rejoindre leur terrain au pied du mur. Ils avaient de quoi reconstruire et de quoi nous aider dans la cache sous l'arbre mort. Les obstacles étaient de taille, Zia ne pouvait pas marcher à cause de ses douleurs de dos et de son ventre proéminent, le terrain était à deux mille kilomètres de l'endroit où nous nous trouvions et les moyens de locomotion étaient tous immobilisés.

Je restais pensif quand j'entendis crier mon prénom.

– Merlin ! Merlin ! Notre Merlin !

Mon grand-père et ma grand-mère m'appelaient au loin, je ne pouvais en croire mes yeux. J'avais mon amour à mes côtés et je venais de retrouver mes repères, mes guides, mon refuge. Lâchant pour quelques instants la main de Zia, je les étreignis de toutes mes forces, sans bien saisir la réalité de l'instant. Mon bonheur était si grand, ils m'avaient tant manqué et j'avais eu tellement peur pour eux !

– D'où venez-vous ? Vous allez bien ? leur demandai-je immédiatement.

Mon grand-père prit la parole dans un sourire :

– Nous étions emprisonnés dans le quartier général de la Brigade de Répression des Sentiments. Tout à coup, les lumières se sont coupées, les portes se sont ouvertes. J'ai assommé un gardien qui voulait faire son devoir jusqu'au bout et nous sommes sortis avec ta grand-mère, puis nous t'avons vu au loin. La foule épaisse nous ralentissait mais heureusement que tu t'es arrêté il y a quelques minutes, sinon, nous nous serions perdus à nouveau !

– Je suis si heureux de vous revoir ! Je vous présente Zia, mon amour. Mon trésor, je te présente mes grands-parents.

Ma grand-mère la regarda de ses yeux doux :

– Alors c'est toi Zia, c'est toi qui as fait de Merlin un guerrier de l'amour ? Nous sommes très heureux de te rencontrer, tu dois être une personne formidable pour être avec notre petit-fils. Maintenant, tu es de notre famille et je t'aime déjà autant que j'aime Merlin. Tu seras une seconde petite-fille pour moi.

Zia lui fit son plus beau sourire. Ma grand-mère était pâle et ne paraissait pas en bonne santé. Cette détention forcée loin de chez elle l'avait fait vieillir prématurément, elle se tenait péniblement debout et parlait avec la plus grande difficulté. La colère montait en moi au regard de toute cette injustice qui symbolisait la civilisation de Al Prime, tout ce qu'elle semait n'était que malheur, tristesse et souffrance.

– Zia, tu peux être fière de toi, reprit mon grand-père. Tu as fait de notre Merlin un être accompli et maître de son destin. Désormais, tu restes avec nous, nous allons nous occuper de toi. Merlin, dis-moi, sais-tu ce qui s'est passé pour que tout Al Prime s'éteigne et ne soit plus qu'une pierre morte ?

– Je sais ce qui s'est passé mais je ne peux pas l'expliquer, grand-père.

– Alors essaie quand même, Merlin.

– Ils ont voulu nous tuer et tuer avec nous l'idée que les hommes pouvaient s'aimer, ressentir des sentiments et les partager. Olrik a bien appuyé sur le bouton déclencheur, mais rien ne s'est passé comme il le souhaitait. Le lien qui nous unit a été le plus fort, je ne peux l'expliquer, mais l'énergie qui devait nous tuer a été stoppée par notre amour, elle s'est décuplée encore et encore pour se retourner contre tout ce qui empêchait l'AMOUR de prospérer. L'amour a agi comme une arme et nous sommes là maintenant.

– Merlin, notre guerrier de l'amour !

– Merlin, intervint Zia. Je ne me sens pas bien, j'ai mal au ventre, je dois m'allonger, je suis fatiguée.

Je regardai mon grand-père.

– Elle n'ira pas plus loin, elle est exténuée, toutes ces épreuves l'ont usée, nous devons la transporter elle et grand-mère dans un endroit sûr. Ce doit être notre priorité mais je suis démuni, je ne sais pas quoi faire !

Mon grand-père prit les choses en main, comme à son habitude.

– Bon, j'ai bien une solution mais cela ne va pas être facile. Merlin, aide-moi, nous allons mettre Zia et ta grand-mère à l'abri, ensuite, tu viendras avec moi.

Avec mon grand-père à mes côtés, je savais qu'il ne pouvait rien m'arriver de mal, il avait cette sagesse qui le rendait calme et tranquille en toutes circonstances.

Nous transportâmes le plus délicatement du monde Zia jusqu'à un magasin dans une rue adjacente à la grande artère. Ils vendaient des matelas, la porte était ouverte et il n'y avait personne à l'intérieur. Ma grand-mère et Zia s'allongèrent sur un grand lit au fond du magasin, je trouvai quelques vivres dans la réserve et leur donnai afin qu'elles reprennent des forces.

– Qu'est-ce qu'on fait maintenant, grand-père ?

– D'abord, il faut que l'on trouve une source de lumière pour nous éclairer car là où on va, c'est le noir complet.

– J'ai vu des tubes décoratifs dans la réserve, je vais les chercher.

Il s'agissait de tubes fluorescents, composés d'une matière qui n'éclairait pas beaucoup mais c'était tout ce qu'il y avait. Nous en prîmes une douzaine, après nous être assurés qu'il n'y avait aucun danger dans le magasin. Nous laissâmes Zia et ma grand-mère pour ressortir dans le chaos de la rue.

– Maintenant, on fonce fissa au bâtiment de la BDS, me dit mon grand-père d'un air assuré.

– Quoi ? Mais on s'est battus pour en sortir et maintenant il faut y retourner ?

– Notre seule chance de nous sortir de ce chaos, de rejoindre ma cache secrète et de sortir de Al Prime se trouve à l'intérieur de la BDS. Cortez a beaucoup parlé avec nous, nous l'intéressions, il ne comprenait pas pourquoi nous nous comportions ainsi. Il voulait déchiffrer notre fonctionnement pour pouvoir éviter que cela se reproduise, il cherchait un moyen de supprimer toute émotion et tout sentiment chez les habitants de Al Prime. En discutant un jour sur nos occupations, nous avons trouvé un sujet commun, j'adore les objets anciens et lui aussi, il en collectionne beaucoup. Bien sûr, c'est interdit, mais il m'a avoué à demi-mot qu'il les cachait dans une pièce dans les sous-sols du bâtiment, le sous-sol numéro 7. C'est l'endroit le plus sûr car personne ne viendrait les chercher là, au coeur du centre de la répression. Il en était tellement fier qu'il m'a avoué que la plus belle pièce qu'il possède est un véhicule sans âge fabriqué à partir d'une technologie rudimentaire. Il m'a dit qu'il fonctionnait avec un combustible fossile qui émet une fumée noire suffocante. Il l'allume de temps en temps pour se faire plaisir mais pas trop longtemps parce que la fumée est toxique. Il nous a également confié qu'il avait attaché une réserve de combustible derrière le véhicule au cas où il devrait s'échapper, preuve que sa confiance en la civilisation de Al prime n'est pas entière. C'est notre seule option, Merlin, je sais juste que cela se trouve dans les sous-sols, suis-moi !

– Bien sûr, grand-père, on y va ! En plus, Cortez ne risque pas de nous surprendre, il est attaché à un poteau à deux mille kilomètres d'ici dans les ruines du Secteur 22.

– Qu'est-ce que c'est que ça, le Secteur 22 ?

– Je t'expliquerai plus tard, grand-père, ça te plaira !

À l'approche du quartier général, le chaos avait fait place à un calme étrange. Le bâtiment semblait avoir été déserté par ses occupants, quelques soldats sortaient par l'immense porte d'entrée, ils étaient débraillés, désarmés et perdus. Nous nous faufilâmes sans résistance dans le sinistre hall d'entrée, il y avait un plan sur le côté pour orienter les visiteurs. Il existait bien des sous-sols mais ils s'arrêtaient au sixième… il n'y avait pas de septième sous-sol.

– Que fait-on ? Il t'a peut-être menti ?

– Non, crois-moi, il était on ne peut plus sincère et on ne peut plus fier de nous raconter ses petits secrets. Il n'avait personne avec qui partager cela, c'était trop dangereux. Nous ne représentions aucun danger pour lui, nous étions enfermés et notre parole ne valait rien. Allons déjà au sixième sous-sol et nous aviserons ensuite.

Nous nous déplacions à l'aide de nos tubes fluorescents sans trop de difficultés et nous étions aidés par le fait qu'il n'y avait absolument personne dans les couloirs et dans les escaliers.

Mais ce silence ne me rassurait pas, j'avais un mauvais pressentiment, une sensation m'oppressait au niveau du plexus et m'empêchait de respirer correctement. Quelque chose de mauvais allait arriver et je ne pouvais rien y faire.

Mon grand-père me ramena à la réalité.

– Merlin, regarde, nous sommes au sixième sous-sol. Faisons méthodiquement le tour des murs, il y a peut-être une autre porte. Séparons-nous pour aller plus vite, prends par là et moi je vais par ici !

Chacun de notre côté, nous nous mîmes à fouiller cette grande pièce vide, scrutant les murs et le sol pour trouver un éventuel passage dérobé. On sentait une légère odeur de fumée qui venait du fond de la pièce, j'en fis part à mon grand-père.

– Tu sens cette odeur ?

– Oui, ça vient de là-bas…

En nous rapprochant de la paroi du fond, nous distinguâmes une petite porte de la même couleur que le mur. Si elle n'avait pas été entrouverte, nous ne l'aurions peut-être même pas vue, la fumée venait bien de là. Sitôt passé le seuil, descendait un escalier étroit qui s'enfonçait plus encore, il était interminable. En bas de cet escalier, commençait un couloir d'à peine un mètre de large sur deux petits mètres de haut. Le corridor était en pente et nous remontions peu à peu vers la surface. Après avoir parcouru une centaine de mètres, une salle éclairée par la lumière du jour s'offrit à nos yeux, des plaques de verres situées au plafond de la pièce illuminaient l'endroit.

Il y avait là quantité d'objets anciens, tous plus beaux les uns que les autres. Nous étions bien dans la cachette secrète de Cortez, l'implacable chef de la BDS qui s'octroyait des libertés avec le Code qu'il s'évertuait à appliquer avec zèle. Son discours n'était pas cohérent avec ses actes.

Le véhicule dont Cortez avait parlé se trouvait dans un recoin. Il était gigantesque, possédait quatre énormes roues d'un mètre de diamètre faites d'une matière noire inconnue et... il était allumé. L'engin faisait un vacarme assourdissant et la fumée qu'on avait sentie au sixième étage sortait par un tube en fer à l'arrière.

Mon grand-père prit les choses en main.

– Merlin, va voir à l'intérieur si on peut y installer ta grand-mère et Zia.

Je montai par une petite échelle sur le véhicule et découvris l'intérieur : c'était très bien aménagé, il y avait une table, des chaises, un grand lit et beaucoup de rangements. Le poste de pilotage était simple : un cercle en plastique en guise de commande de direction et une manette de gaz à enfoncer. Je me dis sur le moment que ce serait assez simple à manoeuvrer, puis allai m'installer sur le siège du pilote quand j'entendis un énorme fracas. Dans le même temps, une porte s'ouvrit devant le véhicule.

La lumière entrait au fur et à mesure et je reconnus une rue secondaire autour du bâtiment. Une personne que je n'arrivais pas encore à localiser dans la pièce avait varisemblablement réussi à activer le mécanisme d'ouverture de cette porte… Je descendis immédiatement en sautant du poste de pilotage pour rejoindre mon grand-père.

– Nous ne sommes pas seuls, Merlin, reste sur tes gardes ! m'avertit-il.

La porte fut bientôt complètement ouverte, la lumière inondait la pièce, et une voix d'outre-tombe s'esclaffa derrière nous.

– Merlin, Merlin, encore vous ! Vous ne voulez donc pas mourir… et lui, je suppose que c'est votre grand-père.

Olrik se tenait là, devant nous, avec le même air cynique et terrifiant que le matin dans la salle d'exécution. Il tenait une énorme épée dans sa main droite et cela lui conférait une aura démoniaque.

– J'ai trouvé ce bel objet dans la collection de Cortez, je l'aime beaucoup. Il va m'être utile maintenant que toutes nos armes sont inoffensives. Ce crétin de Cortez pensait que j'ignorais l'existence de cet endroit et de tout ce qu'il contenait, mais c'est moi-même qui ai fait construire cette pièce. J'ai fourni les objets ici présents sans qu'il sache d'où ils provenaient. Je voulais me tenir prêt au cas un évènement comme ce matin se produirait, et puis j'aime bien ces vieux objets…

Je l'interrompis :

– Mais cela représente tout ce que vous combattez ! Vous imposez des règles aux autres que vous n'appliquez pas à vous-même, vous trompez les habitants de Al Prime…

– Oui, Merlin, je peux même te le dire, maintenant. J'ai éprouvé et je continue d'éprouver des sentiments, mais mon rang me permettait de m'affranchir des capteurs en utilisant des brouilleurs. C'est très jouissif de posséder quelque chose que les autres n'ont pas. La plupart de nos dignitaires faisaient de même, sinon nous n'aurions plus eu de gouvernement depuis longtemps. Limiter l'expression des sentiments, de l'affection et de l'amour nous permettait surtout de contrôler plus facilement la population. Ils réclamaient de la sécurité et nous leur offrions la paix en échange de leur liberté. Tout le monde était content jusqu'à ce tu arrives avec tes grandes idées, tes grands principes, et cette Zia. Je suis content que tu sois ici, je vais pouvoir te faire payer pour tout ce que tu as détruit. J'ai l'intention de te découper en petits morceaux avec ce bel objet tranchant. Ensuite, je couperai la tête de ton grand-père.

Joignant le geste à la parole, Olrik se rapprocha de moi en levant son épée. Il s'apprêtait à me décocher un coup lorsque mon grand-père s'interposa. Tandis que j'étais resté tétanisé, il avait trouvé la même arme qu'Olrik, mais celle-ci était en or, magnifiquement ciselée avec des pierres vertes et rouges. Il se tenait devant le tyran, en garde, prêt à me défendre et à riposter. Olrik stoppa son élan un instant, devant la confiance inébranlable de mon grand-père.

– Ce n'est pas grave, je vais commencer par l'ancien et je te terminerai avec toi, Merlin. Je me suis entraîné avec ces armes et vous n'avez aucune chance.

Mon grand-père restait impassible face à lui, il était concentré et attendait l'assaut de cet homme haineux. Il me jeta un regard et le combat débuta. Olrik était plus jeune, plus fort et plus entraîné. Mon grand-père reculait devant les combinaisons élaborées du tyran, il était clairement en difficulté. L'autre riait en lui assénant d'énormes coups d'épée.

– Va-t'en, Merlin ! Va-t'en ! Va chercher les filles et fuyez, je le retiens !

J'étais à l'autre bout de la pièce, impuissant. J'avais beau scruter la pièce, je ne voyais rien ressemblant à une arme quelconque.

– Non, je ne te laisserai pas, je ne partirai pas sans toi… lui répondis-je, les yeux brouillés par les larmes.

Mon grand-père hurla en reculant sous les coups de boutoir.

– Merlin, je t'aime ! Prends soin de ta grand-mère et de Zia…

Olrik l'atteignit au bras et lui transperça le ventre de part en part. Mon grand-père s'écroula sur le sol, inerte. Je restai sonné quelques instants, incapable d'intégrer cette nouvelle information. Mon grand-père n'existait plus. Il venait d'être assassiné. Il était mort. Là. Dans un sombre sous-sol. Sous mes yeux démunis.

À ce moment, la peur qui m'avait tétanisé laissa place à une immense rage. Je sentis distinctement mon corps s'enflammer de l'intérieur, la force qui remontait le long de ma colonne vertébrale me brûlait. Il avait volé, sous mes yeux, la meilleure part de moi-même et elle se transmutait en une puissance destructrice que je ne pouvais pas contrôler. Je sentais que mes forces étaient décuplées, mon acuité visuelle avait augmenté, j'étais transformé. J'étais invincible et portais en moi une force qui me dépassait.

En ramassant l'arme au sol, je sentis ma puissance augmenter encore, chargé d'une énergie mystérieuse. Mystique.

Je me dirigeai alors implacablement vers l'objet de ma colère, Olrik. Il avait vécu, il devait mourir, il devait cesser d'engendrer le mal, c'était à moi de rendre la justice. Ma première attaque brisa son épée en deux morceaux et la deuxième lui coupa le bras droit.

Il se retrouva bientôt à terre, demandant pardon et surtout suppliant que je l'épargne. Le troisième coup de lame le décapita net : sa tête roula jusqu'à l'autre bout de la pièce et, immédiatement, l'épée cessa de vibrer.

Je retrouvai mon état normal, ressentant d'un coup toute la peine de voir mon grand-père gésir au sol, sans vie. Je réalisais qu'il ne me conterait plus jamais d'histoires et ne me serrerait plus jamais contre lui. Il avait donné sa vie pour moi sans hésiter, en sachant très bien qu'il n'était pas de taille à combattre cet ennemi féroce.

Je lui dis adieu dans un torrent de larmes, pris sa bague en or et me précipitai au poste de pilotage du véhicule. La porte de sortie était grande ouverte, j'actionnai légèrement la manette de gaz et l'appareil se mit en branle pour avancer de quelques mètres. Je testai la direction et constatai qu'il était facile à manœuvrer. Les abords étaient déserts et je sortis de mon véhicule sans âge pour retrouver le magasin où se trouvaient ma grand-mère et Zia.

Les quelques personnes que je croisais restaient terrifiées par cet engin inconnu qui faisait un bruit d'enfer, même les soldats s'enfuyaient à la vue de mon engin. Une fois devant le magasin de matelas, je pris soin de fermer toutes les issues du véhicule car je ne voulais pas me faire voler mon seul moyen de quitter Al Prime.

Notre vie s'inscrivait ailleurs qu'ici, je ne voulais pas que notre enfant arrive au milieu d'une telle pétaudière. Encore bouleversé par le violent combat et la perte irremplaçable de mon grand-père, je me rendis au chevet des deux femmes de ma vie. Zia se reposait sur le dos et ma grand-mère était étendue sur le côté, immobile. Je fixai Zia.

– Comment va ma grand-mère ?

– Je suis désolé Merlin… me répondit ma bien-aimée en larmes. Elle s'en est allée il y a quelques minutes, elle vous a réclamés, toi et ton grand-père, puis elle m'a dit qu'elle se sentait partir, que son heure était arrivée et qu'il ne fallait pas être triste. Elle m'a dit aussi qu'elle était très contente de sa vie et de tout ce qu'elle a accompli, et surtout de ce qu'ils ont fait de toi… Elle était très fière de toi, Merlin. Elle a ensuite senti que ton grand-père était parti, et elle m'a dit qu'elle devait le suivre.

Mon cœur, déjà écrasé par la perte de mon grand-père, cessa de battre quelques instants. Mon grand-père était mon guide, mais elle était mon pilier, celle qui me rendait vivant et meilleur. Ils m'avaient préparé à tout cela, ils m'avaient dit que, même après la mort, ils seraient à mes côtés, mais je ne pouvais me résoudre à ne plus pouvoir les toucher, les sentir, les voir, tout simplement. Mon esprit était nu, sans toit, sans murs et sans chaleur. J'étais vide.

Zia me sortit de ma torpeur.

– Tu tiens le coup, mon Merlin ?

– Ça va aller, mon amour. Je voudrais rester auprès d'elle mais le temps est compté, alors prends-lui délicatement sa bague et ses bijoux, je veux les garder le plus près possible de mon cœur.

Je l'épaulai pour rejoindre l'engin salvateur car elle ne pouvait presque plus marcher : la montée dans la caisse de l'appareil fut longue et ardue. L'habitacle se trouvait à plus d'un mètre du sol et comme elle était handicapée par ses douleurs de dos, la petite échelle lui parut bien haute au moment de l'escalader. Une fois Zia installée dans le lit et calée avec des coussins, je rejoignis le siège de pilote, remis les gaz et me dirigeai vers la seule porte de Al Prime située à six cents kilomètres.

Un détour vers la maison de mes grands-parents m'aurait coûté en temps et en combustible, malgré les chances d'y trouver des outils et des livres précieux. De plus, je ne connaissais pas l'autonomie de ce véhicule, même avec la réserve de combustible contenue dans le réservoir de la remorque, je ne voulais pas prendre le risque qu'on reste bloqués ici.

Progressant dans les rues en proie au chaos, du haut de mon monstre à quatre roues, je roulais vers notre futur. Le jour tomba et la nuit fut interminable, à slalomer entre les véhicules abandonnés sur la route. Je dus même, à certains moments, passer par-dessus certains. Les gens croisés sur la route étaient trop effrayés pour s'approcher de mon engin bruyant.

Au lever du jour, la porte de sortie fut en vue. Elle avait dû s'ouvrir lors de la panne générale mais, curieusement, personne ne la franchissait.

Il y avait bien une foule de curieux qui regardaient dehors, mais personne n'osait passer le seuil de la grande porte. Ils avaient grandi avec l'idée que la vie était hostile à l'extérieur et leurs barrières mentales demeuraient intactes.

Je ne m'attardai pas et dépassai la porte sans peur. Derrière, s'étendait à perte de vue une route très large. Je ne l'avais pas remarquée en survolant la forêt avec mes ailes d'or, car j'étais arrivé par un autre côté. Ma dulcinée se reposait paisiblement pendant que je pilotais à travers la forêt.

Tout était désormais possible : nous avions l'AMOUR, nous attendions un enfant, nous avions un abri, cet engin assez grand et fonctionnel pour nous y réfugier, quelques vivres... La vie s'ouvrait devant nous... Tout restait à construire.

12

LE PARADIS

Mon tout, depuis le début, je t'ai attendu

Hier, aujourd'hui, demain, ma vie, mon bonheur

– Ce sera tout pour ce soir, les enfants. Je vous raconterai la suite un autre jour… comment on a suivi la grande route, où on a décidé de s'installer, pourquoi et comment on a fondé cette cité avec votre grand-mère.

– Papi, raconte-nous encore ! Les crocodiles, Iduski, Viracotcha, les éléphants, les ailes d'or…

– C'est promis, mes petits, c'est promis, mais je vois votre grand-mère qui me fait de gros yeux là-bas. Je la connais bien ; si je continue à vous raconter mes histoires, c'est moi qui vais me faire disputer. Vous la connaissez, elle n'est pas facile quand on la contrarie !

– Allez, conte-nous encore comment tu as piloté le vaisseau avec mamie ! Et quand tu as combattu Olrik avec ton épée en or ! Allez, Papi ! Je dirai à Mamie que c'est nous qui t'avons forcé…

– Je vous aime très fort, mes petits, mais rappelez-vous que c'est en dormant qu'on grandit, et vous ne voulez pas rester petits, n'est-ce pas ?

– Papi, tu as quel âge, déjà ? Tu vas bientôt mourir ?

– J'ai cent cinq ans et rassure-toi, je ne vais pas mourir tout de suite. J'ai encore beaucoup de choses à faire… J'ai surtout des coquins à mettre au lit et c'est un sacré travail, plus dur que de faire face au jaguar dans la jungle ! Je sais que vous aimez mes histoires et j'aime bien vous les raconter… Mais attention… Mamie approche !

– Tu vas lui dire que tu l'aimes toujours, Papi ?

– Bien sûr, je l'aimais avant de la connaître, je l'aime tous les jours et je l'aimerai pour l'éternité.

– Merlin ! Que fais-tu encore avec tous les enfants autour du feu ? Il faut qu'ils aillent dormir ! Demain est une dure journée pour eux, allez, maintenant fini les histoires, ça ne les intéresse pas…

– Si, Mamie, on adore Papi et on adore quand il nous raconte ses histoires avec toi, ses contes et ses aventures. On aurait bien aimé être avec vous… Et toi, tu l'aimes, Papi ?

– Oui, bien sûr, c'est mon tout, ma lumière et ma joie. Ma vie a commencé quand je l'ai rencontré, mais vous savez déjà tout ça les enfants. Vous savez que vous êtes des enfants de l'amour, je vous aime tous, mais c'est vrai que tout a commencé avec votre Papi.

– Papi, Mamie, est-ce qu'on pourra aller un jour à Al Prime ?

– Non, c'est mieux de rester ici, les petits cœurs.

– Pourquoi ?

– C'est mieux ici, croyez-moi, mes amours. Al prime n'existe plus. Quelque chose d'autre a vu le jour là-bas et ce n'est pas bon… Merlin, tu leur dis d'aller se coucher ? Vous continuerez un autre jour.

– Oh, c'est vraiment fini pour aujourd'hui, tes aventures, Papi ?

– J'en ai bien peur, mes amours. Faites ce que dit votre grand-mère, c'est pour votre bien, elle sait ce qui est bon pour vous, allez ! Suivez-la jusqu'à votre lit, elle va vous border, vous embrasser et vous ferez de beaux rêves. Moi, je vais éteindre le feu, regarder une dernière fois les étoiles infinies, et faire comme vous.

Je sortis contempler la voûte céleste tandis qu'un sourire de plénitude se fixait à mes lèvres. Il y avait tant d'autres choses à dire... L'histoire que j'avais racontée à mes petits-enfants n'était, en fait, que l'introduction d'une bien plus longue quête. Le moment de leur conter la suite de mes aventures viendrait bien assez vite... Iduski, les Awas, mes amis Sans-Noms, Al Prime après la chute... Oui, j'avais encore beaucoup à leur raconter.

Les minutes s'étiraient langoureusement et mon esprit revivait ce parcours tumultueux et fantastique. Chaque scène vécue, dans le film de mon existence, était toujours teintée d'une lumière transcendante lorsque je me remémorais ce temps.

J'étais né divisé et j'étais devenu *un*. Je m'étais un beau jour réveillé d'un sommeil sans fin, d'un coma sans rêves. Une force inexplicable s'était emparée de moi et me faisait aujourd'hui vibrer d'un écho sans limites. L'armure du soldat s'était dissoute et j'en avais fait un habit de lumière, une vibration d'amour d'une nature divine, mystérieuse, surréaliste.

J'avais vécu habité d'une force venue d'un autre monde. Elle avait fait de moi un guerrier de la joie, un guerrier de la vie, un guerrier de l'amour... un guerrier mystique.

Seul dans le vide, je te sens mais ne te vois pas
Perdu sans toi, je ne distingue ni haut ni bas

Blotti au fond de ton corps, je suis né en toi
Avec toutes les étoiles, c'est en toi que je crois

Où est la chance ? Où sont les coïncidences ?
Plus que moi-même, je crois en ton existence

Tel le lotus qui grandit dans des endroits hostiles
J'ai connu la noirceur et les êtres les plus vils

Sans peur et sans reproche, je vogue vers mon destin
J'ai avec moi la terre, l'eau, le feu et le ciel

Depuis la nuit des temps, tu es mon essentiel
Mon cœur s'est fait soleil au contact de ta main

En cherchant au fond de mon cœur, je t'ai trouvée
Je t'ai regardée et je me suis réveillé

C'était écrit, toi et moi, nous nous sommes compris
Plus fort que tout, plus puissant que nos ennemis

Toujours, je reviens vers toi, tel l'aigle, je plane, je vole
Je suis ton preux chevalier, je suis ton héros

De tout ton amour, tu m'as emmené là-haut
Mon coeur prisonnier, j'ai quitté leur triste geôle

Orgueilleux et méprisants, ils nous ont mordus
L'amour a jailli tel un volcan destructeur

Mon tout, depuis le début je t'ai attendu
Hier, aujourd'hui, demain, ma vie, mon bonheur

Merci à toutes les personnes que j'ai croisées, plus ou moins longtemps.

Merci à ceux qui m'ont aidé, merci à ceux qui m'ont nui, merci à vous, lecteurs, de lire et de transmettre un message de paix et d'amour autour de vous.

Merci à mes parents pour tout ce qu'ils m'ont donné, merci à Gilles et Michelle pour leur contribution.

Merci à Paulo Coelho, James Redfield, Deepak Chopra et bien d'autres belles personnes qui m'ont inspiré de leur lumière.

Merci mon tout, ma vie, mi luz, ma moitié,

Aux petits anges que nous avons engendrés.

« Creusez un sillon,
semez de l'amour
et vous récolterez
votre paradis »

Dépôt légal : mai 2019
Achevé d'imprimer par Typo'Libris en avril 2019.